愿你在未来的路上，步伐坚定且内心温柔

辛岁寒 荥杉等

著

To look

at

the sunny

side

广东旅游出版社
GUANGDONG TRAVEL & TOURISM PRESS

中国·广州

图书在版编目（CIP）数据

愿你在未来的路上，步伐坚定且内心温柔／辛岁寒等著．—
广州：广东旅游出版社，2019.8
ISBN 978-7-5570-1783-5

Ⅰ．①愿… Ⅱ．①辛… Ⅲ．①散文集－中国－当代
Ⅳ．① I267

中国版本图书馆 CIP 数据核字（2019）第 067120 号

愿你在未来的路上，步伐坚定且内心温柔
YUAN NI ZAI WEI LAI DE LU SHANG，BU FA JIAN DING QIE
NEI XIN WEN ROU

辛岁寒等 著

◎出版人：刘志松　　◎责任编辑：梅哲坤
◎责任技编：冼志良　　◎责任校对：李瑞苑

出版发行：广东旅游出版社
地址：广州市越秀区环市东路 338 号银政大厦西楼 12 层
邮编：510060
电话：020-87348243
印刷：三河市华晨印务有限公司
地址：三河市杨庄镇杨庄村
开本：880 毫米 ×1230 毫米　　1/32
字数：120 千字
印张：8
版次：2019 年 8 月第 1 版
印次：2019 年 8 月第 1 次印刷
定价：36.00 元

序

时间不多，请做好自己

▶ ◁ ◁

成为情感公众号编辑以后，我会在后台收到许多读者的留言，太多人把公众号当做树洞，将他们所有敢说不敢说的心事，朝这里吐露。

那时，我就像是一个窥探别人秘密的小偷，在高兴的同时，会被他们的情绪带动得自己心情也起伏不定。

我有了要更深层去挖掘人生意义的想法，而不是把时间浪费在吃穿住行烦琐的事情里。

有人说：人生留给我的迷茫太多太多，我不知道该怎么办。

有人说：我大四开始找工作，很多都不合适，考虑的事情特别的多，完全不知道该怎么走。

还有人说：我辞掉了国企的工作，整个人轻松很多，感觉天变蓝了，但在回家的路上，看着不断倒退的路灯和街上林立的商铺，突然眼睛湿润。

太多太多的心事，总结起来无外乎都是关于人生的大思考。

我来自哪里？我要去哪里？我的梦想是什么？我该成为一个什么样的人？成长的意义于我们而言到底是什么？时间于人生又是怎样的一个存在？

这是人生亘古不变的话题。

许多人终其一生都在追寻自己存在的意义。当面临人生的十字路口时，我们常常这般问自己，问他人，却没人能真正的告诉我们该成为一个什么样的人，我们该从哪里出发，又要到哪里才是终点。

许许多多错综复杂的问题缠着我们，于是，时间便在我们一点一滴的犹豫和迟疑中，渐渐流逝，无处可寻。

一生太短，留给我们的时间已不够。

年轻的你，此刻的你，若正在这路上跌跌撞撞，犹豫不决，请放下那颗不安躁动的心，将人生努力做到最好，无愧于心，无愧于自己，终有一天，你会长成自己想要的模样。

辛岁寒

目 录

▶◁◁

第一章

你相信未来，未来就相信你 / 001

梦想大概是每个人向往人生的开始。因为有梦想，人生才有了前进的方向。路要脚踏实地一步一步走，向着心所在的地方勇敢而坚定地前行。你相信未来，未来就会相信你。心有梦想，无畏远方。

第二章

迎着风雪才能挺直腰杆 / 079

前行路上的风雪，是现实与理想碰撞的音律。不要害怕，不要悲伤，人生不是一帆风顺的，大多会经历坎坷波折，只有迎着风雪，我们才能挺直腰杆前行。

第三章

世上不存在更好走的路 / 135

跌倒后爬起，失败后重来，最怕的不是屡战屡败，而是丧失勇气。愿梦想是你心中不变的信仰，即使布满荆棘，你也勇往直前。终有一天，泥泞过后，阳光到来。不弃梦想，终有征程。

第四章

我们终将长成自己想要的模样 / 177

多年以后，回头观望自己的人生。从梦想到挫折，从一个人到一群人。在失败里越挫越勇的你，每一个脚印都是坚持的形状。未来的你没有辜负过去的你，我们终将长成自己想要的模样。

第一章 ○

你相信未来，未来就相信你 ●

梦想大概是每个人向往人生的开始。因为有梦想，人生才有了前进的方向。路要脚踏实地一步一步走，向着心所在的地方勇敢而坚定地前行。你相信未来，未来就会相信你。心有梦想，无畏远方。

■ **你相信未来，未来就相信你**（作者：荥杉）

我们唯一带来的，不是财富、不是感情，而是一腔热血去爱生活的本质。无论你现在的处境如何，是黑暗还是迷茫，是悲伤还是阴郁，只要相信自己的未来，就能走向更好的未来。

阿粟找工作第二十次失败。

她抱着我哭了许久，抱怨着那些公司，大多是"眼瞎""没眼光"之类的话。我向来不知道如何去安慰一个失意的人，索性抱着她，等她哭够了，再了解具体情况。

我给她简单提点了一下，她便抱着那浅薄的知识又去试了几家，皆在"二面"的时候被踢出局。这一次，她对自己丧失了最后的信心，关在屋子里许久，整天靠外卖维持生活。

后来，我看不下去，打算陪她一同去参加另一家公司的"二面"。临出门时，她着一身小巧的休闲装，还扎着初高中时期的马尾辫，站在门口催起我来，我甚是惊讶。

我笑她："你这样就打算去面试？"

她不解："不然呢？还需要穿什么吗？"

她一脸的无知，让我终于找到了她为何总面试不成功的原因之一。对待正经事情都表现出一副不正经的样子，即使本是个正经靠谱的人，又怎会让别人相信你？

第一印象很重要，在别人看你的第一眼时，便已注定了你之后的命运。

我立刻拉着她进了屋，给她挑了一身有气质的正装，简单打理了一下，才慌忙拉着她出门。为了让一切都准备得妥妥当当，我还特意在路上为她查了许多面试的技巧，和她一起分析。

但很快，她用她的行动打消了我的积极性。

在等待面试的时候，她手脚颤抖得无法正常思考，我握着她的手，让她放宽心些，她却抱着我的手，使劲地呼着气。

她问我："木头，你觉得我会面试成功吗？"

我反问她："你觉得呢？"

她摇摇头，瘪嘴瘪得委屈。

我又问她："你相信这个公司会给你未来吗？"

她又摇摇头，苦笑着："你信吗？我甚至不知道我为什么要来应聘。"

我愣了一会儿，起身，她懵懂地看着我，不知道我要做什么。

我拉起她："走吧。你面试不会成功的。"

她有些生气："为什么？我还没有试，你怎么知道？！"

我笑了："不信你就去试试。"

她不高兴地坐在那里，赌气不和我说话。终于轮到了她面试。没多久，她就灰溜溜地走了出来，面试官没有说她通过还是未通过，只是让她等消息。

她出了公司还有些高兴，因为这家公司并没有像之前公司那样当场便否定她。

回学校的路上，她便收到了未通过的消息。她的泪水一下子当众喷涌而出，吓得我手足无措，我把她抱住，生怕她狼狈的模样被别人笑话了去。

我沉默着留给她足够的释放情绪的空间，回学校以后，她哭了许久才抬起头满眼泪水看着我："为什么？"

我说："因为公司不会要一个不相信、不了解，对未来没有信心的人。"

无论是行路还是生活，一个对自己的未来都不相信的人，人生也不会给他足够的相信。

你相信未来，未来才会相信你。

我们常说，热爱生活是一个人生来的基础，而相信未来是一个人应有的信念。

当你赤条条来到这个炽热的星球时，唯一带来的，不是财富、不是感情，而是一腔热血去爱生活的本质。爱生活的前提，便是相信你所要去的未来。

不相信未来，不知道如何走向未来的人，将会被现在困住，慢慢消磨掉了奋斗的意识，成为那个我们常说的人——20岁的时候便死了，拖着尸体几十年才入土为安。

和阿粟一样不相信未来的人，还有阿坤。

他成绩一向很好，读的是名校，年年拿奖学金，这样看似达到许多人达不到的高度的阿坤，却经历了两次考研失败。终于在"三战"的时候，他被录取，然而他选择了一家大型的外企就业，放弃了两年的努力成果。

曾经那个信誓旦旦说考上才罢休的男孩子，如今不好意思地告诉了我他的现状，便大大方方地去工作了。年薪几十万元，他的生活达到了另一个他自己口中常说的始料未及的高度。

他的改变，让我惊讶不已。

还记得阿坤经历第二次失败时，他在电话那头，哽咽得不知所措。奔赴外地，连续两次考同一所学校，都在复试时失败，他的心情，糟糕得无法言说。

他一心考研，只想继续读书，却不知道为什么要去读书。

老师问他："你为什么选择我们学校？"

他很老实："我不知道。"

老师又问："对我们这个专业你的理解是什么？"

他更老实："我也不知道。"

他说不知道，的确是事实，却让老师从他的话里看出了他的消极态度，造就了他连续两次的失败，他还不自知。

后来我去他所在的城市旅行，他开着豪车来接我。我问他："为什么考上了却选择了就业。考研不是你的梦想吗？"

他淡定地摇摇头："每个人要去的方向不一样。不知道自己想要而随大流才是最浪费时间的。以前我也不知道，现在知道了，就果断放弃，选择自己该选择的东西。"

我看着一本正经的他，捧腹大笑。

阿坤在我眼中，曾经是一个特别迷茫的人。他拥有高学历高智商，却常常挂在嘴边的是："以后我要做什么啊？我好迷茫。"

他不知道自己要找什么样的工作，不知道自己能去向哪里，又要做些什么，所以他选择了当时看似明朗的考研路，继续去读书。他想着或许再读两年书，自己就知道了。

但当他次次失败，在考研中慢慢地寻找到自己所想要的未来，他所坚持的东西便不再那样重要了。

一个人对未来的态度，决定了他现在所处环境中的目标和方向。一个对未来有着明确方向和目标的人，他的路往往走得扎实而坚定。

正如你相信未来，未来才会相信你。

你知道自己应该成为什么样的人，想要成为什么样的人，你才会有行走的方向和动力。一个连自己的未来是什么样子都从未想过的人，一定活得浑浑噩噩。

　　生活，不会给任何一个浑浑噩噩的人好日子。

　　但倘若你是个有方向和目标的人，哪怕此时正在历经坎坷波折，生活也会给你一个开阔明朗的未来。

　　每年下半年考研的奋战中，应届考生中总会出现一个很有规律、并且十分有趣的现象——有目标的人和无目标的人呈现截然两种相反的生活状态。

　　有目标的人随着时间的推移，慢慢地进步成长起来，无目标的人日渐消沉，甚至半路放弃。

　　从九月开始，考研进入了正式的备考阶段，教室里几乎坐满了人，考生的玩耍心，都被暂时收了起来，一心一意为了考上这个大目标而坚持不懈地努力。

　　一个月以后，教室里的人变少了，放眼望去不像从前那般密密麻麻。知道自己想要考上什么学校的人坚持了下来，另一批不知道自己想要考什么学校，但是知道自己为什么要考研的，也坚持了下来。放弃的是那些既不知道自己要考去哪里也不知道自己为什么要考研的同学。

　　十月报考开始，有目标的人很快解决了报考的事，继续投入深度的学习中。不知道自己要去哪里的同学，将时间浪费在了选择学校上。这时，大家依旧会对未来充满着无限的信心。

——即使不知道自己会去哪里。

十一月开始，接二连三你会发现身边很多同学告诉你："我放弃了。"

原因是"我考不上"。

一部分放弃的同学依旧在考研的路上一边放弃一边观望，一部分放弃的同学连书都直接从教室里搬走，留下那空空落落曾经被疯狂抢夺的座位独自孤零。

直到十二月，能坚持下来的，只剩下那些心中有目标，知道自己想要考去哪里，专心致志为了未来努力的人。

因而，"考研党"中流传着一句话："能坚持下来的人，都是英雄。"

坚持的动力便是关于未来的相信和坚定。

人生的路上太多的磕磕绊绊，从前一个劲往前冲的勇气，便在这路上渐渐消磨，长大到一定的年龄，你会发现，生活，需要太多的相信。相信未来，相信你自己。

无论现在的你处境如何，是身处黑暗还是感到迷茫，是悲伤还是阴郁，都请记得，只有相信自己，才能走向更好的未来。人生任何时候都不会太晚，哪怕七十岁才找到目标，你也找到了人生的意义。

晚不可怕，可怕的是一生都找不到自己所相信的未来。

从现在开始，去找到你的未来，相信你的未来，一步一个脚印，坚定地向前走，去实现你人生路上的各种不可思议。

■ 不是现实支撑了梦想，而是梦想支撑了现实 (作者: 柏南忆)

这个世界上，总有那么一些人，一开始比你贫穷，比你愚笨，比你更不被命运善待。然而最后，他们轻而易举地超越你，成为时代的宠者。

我是在 2018 年初雪那天和明媚重逢的。

她被安排在合肥的新华书店举办签售会，恰好我在合肥，便约着与她见面。虽然早已耳闻她近几年事业红火，但我在心里始终存有疑虑，不相信明媚真的成为大作家。直到亲眼看见她的书迷从店内排到店外，密密麻麻挤满整个书屋，我的心中才涌现出异样的震撼感觉。

我端了杯咖啡，静静坐在角落里等待，看着人群中备受瞩目的她，思绪万千。

明媚是我大学室友，我到现在还记得开学第一天她出现在我面前的情形：两根油亮的麻花辫子垂在胸前，布衣布裤甚至打着补丁，蓝白相间的麻布袋压在她纤瘦的背上。她向我们打招呼，黑黝黝的脸蛋上浮现着涩的红，普通话里是浓浓的乡音。

这样的明媚，被不少人在背后笑话，特别是当她说出她的梦想是当作家时，同学们更是哄堂大笑。我当时一直自诩为班上的"才女"，无可奈何又略带嘲讽地拍了拍她的肩膀："作家可不是那么容易当的。"

她憋红了脸，眼里隐隐有火焰在闪烁，只可惜我假装看不见。

后来明媚考上了北京一所著名高校的文学硕士研究生，震惊了整个学校。我们这所普通二本院校，很少有人能考上名校硕士。那一天，辅导员从我身边叫走了她，希望她能面对全校做个演讲，但是她拒绝了。我记得她那时的表情：细眉微皱，眼神闪烁。她说："我……我并没有什么好宣扬的，我只是想实现当作家的梦想而已。况且每个人的梦想不一样，走的路也不一样。"

她的表情和言语击中了我。

即使曾经她的梦想被别人那样讥笑，她仍然坚定地努力。

此刻的我心中微微酸痛。我曾经偷偷怀揣写作的梦想，站在高处俯视她，甚至觉得那样的她不配拥有写作的梦想。可是后来，我没入了普通毕业生的大潮，成为了极其普通的公司职员，将书本和笔丢得很远，而她已经站在了我难以企及的那个位置。

不知过了多久，粉丝们渐渐散去，明媚终于抽身坐到我面前。

我看着眼前面容姣好的女子，衣饰简单，但举手投足间温文尔雅。她在时光里进行了完整的蜕变，她的身上再也看不见往日那个羞涩自卑的小女孩的影子。

明媚出生在皖南大山，家里穷得连接生婆都请不起，是她妈妈自己一手托着她，一手剪了脐带。她小时候要干很多农活，包括放牛、养鸡鸭、打猪草，每次都要把课本摊在牛背上赶在夕阳落下之前完成作业。她不笨，但也不聪明，她牢记李老师对她说的"勤能补拙"。背书慢了，她就多背，知识点记不住，她就多看，久而久之，她的努力成为了一种习惯。

这笨拙憨实的努力在大学生活中也充分体现出来，每次上课她都认真预习、复习，周末仍然早起去图书馆看书。我们都笑她傻，劝她不要将美好的大学生活浪费在书本上面，而她每次听完我们的话，只是羞涩地笑了笑。如今想起来，真正浪费大学时光的其实是我们。

"哎，以前我可羡慕你了，写的一手好文章。"

明媚单纯羡慕的表情和当年如出一辙，原来她那纯良朴素的性格从没变过。

我的心犹如被针扎了一下："哪里哪里，我没你有天赋。"

空气突然凝滞，明媚的表情变得严肃。

"你知道吗？我的研究生导师说过，我是他带过的最没有天赋的学生。"

明媚说，她从小沉默寡言，不爱说话，作文被批想象力不够，词汇凋敝。但她是真的喜欢看书，喜欢写作。小学时她经常去老师家里一待就是一天，只因为那满书架的书籍；初中时她会偷偷带同学的书回家，躲在被窝里打手电筒看；高中时她为了去读书社借书，每天多骑一公里自行车。那些被风霜染白的岁月里，她深深为故事着迷，甚至自己动手写一些不成熟的充满少女心情的故事。

从晚自习被老师没收手稿，到回家被父母搜出一箩筐旧书，创作的嫩苗曾被成功掐死在摇篮里。

明媚遵从父母和老师的意愿好好刷习题，最后考上大学。真正的大学和明媚眼中的完全不一样，没有热爱学习的同伴，没有火热讨论的学习氛围，而身边时时传来的嘲讽声如影相随，一点一点打击着她的自尊。最后连她的梦想都变得可笑起来，成为她与同学格格不入的把柄。而一次次退稿，成为压死骆驼的最后一根稻草。

明媚几乎要放弃那个梦想了。

她明白自己的平庸，也渐渐了解了落拓现实的难以化解。梦想往往是昂贵的，需要用时间、精力、金钱来喂养，而她的现实太过贫瘠，完全没办法提供梦想的土壤。

大二暑假明媚回到深山老林的家中，将心蜷在厚重的壳里，不见天日。

直到李老师请她去家中做客。

当年温文儒雅的中年教师如今已逾花甲之年，带她走进房间，搬开沉重的箱子，拿出一叠年代久远的泛黄纸片交到明媚手中。

明媚看到上面歪歪扭扭的熟悉字眼，惊诧地断续言语："这……"

"这是你当年的作文。"李老师咳了几声，颤抖着手在那纸片上指指点点，"你看看，这句写得多好……还有这句……"

原来那些她以为被当作废纸处理掉的作文，就这样被保存到现在。

"老师，你为什么……"

李老师收起手，静静伫立着凝视她，沉吟道："当年那么小的丫头片子在我面前说她的梦想是当一名作家，实在叫我唏嘘。我年轻的时候曾经满腔热血，最后被生活一把油一把盐喂成现在这个样子……老师只想说，你一定要加把劲啊，不要以后像老师这样后悔。"

明媚的眼泪突然流下来。

"原来您还记得呢。"

"老师替你记得。"

明媚在决定考那所学校的时候，下了很大的决心。她在大二的时候每周末通宵泡在图书馆，那些孤独静谧的夜里，只有一根根蜡烛默默陪她到天明。那个时候，寝室里同学，谈恋爱的谈恋爱，兼职的兼职，没有人的心思花在学习上。其实偶尔她也很羡慕同龄孩子的吃喝玩乐，但是现实的重负压得她抬不起头来。

然而来自父母的压力再一次成为她前进路上的巨大障碍。

当父母询问她关于毕业后的安排时，她小声答道："想考研。"

"多少学费？"

明媚的脸迅速烧红，那个专业的学费非常贵。

"明媚啊，当年爸爸妈妈给你陪读了三年最终只换得这样的结果，我们也不说你什么了……如今我们老了，家里渐渐入不敷出……况且你也读了这么些年书，也读够了吧……"

明媚知道父母对她的高考成绩不满意，她也一直心怀愧疚。但如今这些话还是尖锐如针，戳破了她的底线。

"你们放心！考研我不会花你们一分钱！学费我也自己拿！考不上就立马出去工作，不劳你们费心！"

她狠狠地吼出誓言，然后头也不回地离开了家。

那一天大雨瓢泼，洗刷掉她所有的不安和怯懦。她好像心里憋着一股气，这口气一直憋到她到新学校报到，这期间她如同机器人一样完成了很多件事：备考，完成论文，面试，打工。当她站在北方那所大学的门牌下，才悠悠吐出一口气来。

明媚长吁一口气，轻抿一口咖啡。

我沉溺在她的故事里面。

我从不知她的背后有这样的故事，或者确切地说，我从没想过她如何会有如今的成就，而我，又为何会走到今天这个地步。

人总是习惯性地对那些超越自己的人心生敬畏，却不从自身寻找原因，一味地归咎于命运、身世等外在条件。其实真正的根源，不过是人的能动性问题。

明媚的家境比我的家境差很多，她在大学里的表现和成绩也在我之下，没我人缘好，也没有我自信，但是最后她实现了她的梦想，而我没有。同样，明媚比大部分人更了解贫穷，不如大部分人成绩优异，也不比大部分人受人欢迎。我想，明媚只是拥有一样东西，是大部分人都没有的，那就是持之以恒的努力精神。

我弯起干燥的嘴唇，面容苦涩。

"我懂了呢。"我在心里呢喃，"那，后来呢？"我假装轻松地问道。

故事的后来，明媚携带一身年轻莽撞的努力，在读研期间继续头悬梁锥刺股。如我想的那样，她已经将努力当作了一个习惯。

虽然研究生生涯曲折，但是明媚始终憋着一口气，偶尔浮出水面猛换一口气，便继续潜了下去，并且一次比一次潜得更深。

明媚的处女作是研究生毕业作业，一部以自己真实经历改编的长篇小说。

后来小说被导师推荐到出版社，不久后便出版了。

明媚带着出版的书回了家乡，父母迎向她的面孔上带着惊喜，一瞬间似乎所有的隔阂都消失了。

"回来就好，回来就好啊……"

母亲抱着她掉眼泪，这几年明媚独自在外拼搏，很少回家。

父亲常年不苟言笑，这次却忍不住人前人后吆喝起来，并且摆了一大桌宴席，名义上庆祝明媚研究生毕业。

明媚明白，这是他对她的认可。

李老师也来了，他用力拍着她的肩膀："好孩子啊，你做到了！做到了！"明媚看着李老师激动的面孔，不由得又掉起了眼泪。

在家待了一段时间后，明媚便又收拾好行李，继续上路了。她知道梦想还在路的前方，她还要继续努力，不骄不躁地前进，才能够走得更远。

"是啊……"听到这里我不由得由衷地喟叹。

我抬头看向明媚的眉目，那一抹远山眉间，原来深藏着这么多沧桑。

于明媚而言，她的现实满目疮痍，不堪一击，支撑不了梦想。而她为梦想坚忍生活，奋斗不息，支撑起了现实。

有多少人因为现实的不堪，摈弃昂贵的梦想；而又有多少人在污泥里打滚，将梦想奉作唯一光亮，在岁月里踟蹰前行。没有多少人能去超越，而一旦超越，便是举世瞩目的勇者。

你要坚信，焰火下的孤独，是每个追梦者必经的磨难。

■ 心境若直，一通直达（作者：新茶）

当人们看见周边的礁石，心中念着的便是风浪何时停息，殊不知，他们已经忘记了内心最初想要抵达的是怎样的岸。

第一次听说美人苏小姐时，我便被她身上所具有的"魅力"二字吸引。虽未见面，我却已经开始想象她是怎样的秀雅清丽、气若幽兰，是不是像港剧里的女人那样细眉明眸、顾盼神飞。

然而当我见到苏小姐时，十分讶异，这哪里算得上是美人？苏小姐的五官平常，眉目并不深刻。然而就是这样的她，让我印象颇深。她身形纤瘦，却给人力量感，眼睛不大，但透着聪慧的光。安静地随处一站，便让人忽视不得。

那时候的我，根本不懂"气质"二字，等到年长了些，无意间看到"气质"二字，脑中浮现的，始终是苏小姐的眉眼和身形。

她的气质，来自内心的丰盈、岁月的沉积。

苏小姐出生的那个年代，五角钱能买许多东西。就在那个年代里，苏小姐是家人眼中失败的孩子。

苏小姐的家中有三个女儿，年龄相差并不大，她是年龄最小的那位，也是和这个家格格不入的一位。

苏小姐一岁的时候，她便因为家庭收入不高，被送到了一位老人手中。老人喜欢孩子，尤其喜欢她，因此老人对这小姑娘的要求，尽可能去满足。她也爱这个老人。

然而，老人在苏小姐五岁的时候便去世了，之后她回到了先前的那个家里，这个本应该最熟悉的地方，却是最陌生的。

她在走进家门的第一时间，便扯着嗓子大哭，哭声吵到了邻居，家人都围在她身边好生哄着，却没让她止住哭声。她停停歇歇哭了一个多小时，家里人受不了，索性直接将她关到房间里。

后来，苏小姐不哭了，也不闹了，面上和两个姐姐一般乖巧，但骨子里总像是揣着一股劲，在家里她对谁都是淡淡的，亲密的同时带着一点疏远。

苏小姐的大姐因为成绩优异，进了县城里读书，因为家庭状况不好，大姐屡次被人嘲笑。嘲笑久了，孩子们的胆子就大了，后来变成了欺负，大姐心里很受伤，因此成绩不断下滑。

孩子们有一次欺负大姐到了村口，被放学回家的苏小姐看见，她想护着姐姐，便毫不犹豫冲上去和几个孩子打了起来，寡不敌众，那些孩子将苏小姐狠狠揍了一顿，并且撕烂了苏小姐和大姐的书……

回到家，母亲看见苏小姐头发凌乱，衣服上也沾满了泥土，不多问，摸起擀面杖便猛地往她的身上抡。"小姑娘家的不老老实实的，成天打架！"长长的擀面杖在挥落时，带起来一阵风声，听着便疼，一下一下地，沉闷有力。

大姐跑上去拦住，母亲收起重重的擀面杖时，苏小姐的腿上多了几条青紫的痕，肿得很高，隔着裤子就能摸到，走路一阵阵地疼。

夜里，家里人都睡了，苏小姐点燃了蜡烛，坐在院子里细心粘着课本，那碎掉的纸张被重新粘到了一起，破旧不堪。

"我不念书了。"大姐蹲在苏小姐的身边，轻声叹道。

"为什么？"苏小姐问。

"反正我早晚都要退学，退了就退了吧，退学是十有八九的事，早退学，早赚些钱。"

"哦。"苏小姐回答得冷静，一双眼睛无波无澜。毕竟大姐说的是事实。

"你呢？"

苏小姐偏头看着大姐："我只想念书。"说罢，苏小姐拿着书本起身，头顶上是星空，星子似乎都洒落在她的眸中，璀璨而坚定。

待到苏小姐即将完成九年义务教育，母亲把她带到一家制衣工厂中，母亲说："现在工厂里招人，我先带你过来看看，等到你退学之后，就直接过来吧。"

苏小姐肩上还背着书包，手里拿着铝质餐盒，她以为母亲是顺道送她上学的，没想到却在半路停下，替她找好了工作。

"我想继续上学，我不工作。"苏小姐说着，便往回走。然而她的胳膊一把被母亲抓住，随之又被扯着往厂子里走。

"我都和里面的人说好了，带你过去瞧瞧，上学这件事，你想也别想，咱家的条件根本做不到！"

当啷——苏小姐愤怒地将手中的餐盒扔到地上，里面的饭菜洒了一地，她大声地吼："我不！"

她这些年来在家中淡然得很，无大情绪，也不露喜色。此时变得如此激动，母亲也吓了一跳。

"不进厂干活，那你想干什么？"母亲问。

"我想考大学！"

啪！一个清脆的巴掌落在苏小姐的脸上，打得她眼泪也溢了出来。

母亲的声音颤抖："你个小白眼狼，家里养你们三个和老人，哪有多余的钱？上大学不花钱啊？你这是要逼死我啊！"

"不用你花钱，我自己挣钱！"

大姐这样成绩优异的人都放弃了学业，苏小姐的成绩平平，在大人眼中更是没有希望的。

苏小姐开始绝食逼迫，执意要上学，家里人拗不过她，最终同意了。

高考结束后，苏小姐查出自己的分数过了线，但不是高分。她本可以留在本省上大学，毕业之后照样能够找一份稳定的工作，但她毅然跑到了省外偏远的地方上大学。

苏小姐之所以选择那所学校，就是因为那所学校有她想学的专业。

她很小的时候，捡到过一张照片，照片虽已模糊，但是依稀能看清楚上面的楼房非常漂亮，或高或低，十分壮观。其实称不上是壮观，只是因为自小她便见惯了土房草房，看到这张照片时，她激动得心怦怦直跳，那样富丽堂皇！

也就是那时，她小小的跳动的心里，装下了一片琼楼玉宇……

母亲得知苏小姐选择了冷门的设计专业时，气得直接将苏小姐的行李扔出去，不想再认这个女儿。

从家里到学校，苏小姐足足用了两天。学校里的学生很少，学这个专业的人更是少得可怜，宿舍里八个人，因为学生凑不齐，只住了五个人。

苏小姐一边学习，一边打工，她省吃俭用，才来大学不过两个月，人便瘦了一大圈。她的胃病，就是那个时候落下的。

大姐请假赶到学校的时候，苏小姐正在诊所里打针，她的脸小小的，黄干黑瘦，窄窄的病床上被她一躺，占不了太大的地方。

大姐只是带了一袋苹果，三两特产，便让苏小姐很是感激，这些东西，又能让她撑上一段时间。

"谢谢大姐能来看我，吃着苹果，身体好得快些。"苏小姐笑道。

要知道，她已经许久没有吃过水果，米饭加一碟咸菜一撑就是一两个星期。

大姐后来在一次聚餐中告诉苏小姐："你那时可真是丑啊，面容憔悴，眼睛都要凸出来了，面庞瘦得不像话。当时我就在想，我白白净净的妹妹怎么就成这样了？"

"你一直以来都在固执地坚持什么？"大姐坐在病床

前，看着苏小姐毫无血色的脸，心疼地问道。

苏小姐没有多说，只回答了一句："坚持自己。因为你们和我看到的世界不一样，所以我想坚持自己，大姐，其实，成功真的没有那么难。"

这句话让当时的大姐并没有多想，时隔多年后，苏小姐再次说起来时，大姐才知苏小姐的世界是怎样的，她的目光望着的，皆是更大的成功。

成功真的没有那么难，这句话苏小姐牢牢地记在心里，一记便是许多年，从金钗之年贯穿到了花信年华。

苏小姐实习期间，家里那来了消息，二姐嫁人了，嫁给了那一片家庭状况还不错的男人，还住进了漂亮的大房子里。

苏小姐风尘仆仆赶回家里，却被亲戚邻居一通明里暗里地嘲讽。

看来大学生的确不如踏踏实实干点活来得实在。大姐攒够了嫁妆，二姐嫁给了有钱人，而她终日碌碌无为，穿上一件像样的衣服回家，仍显寒酸。

对于众人的嘲讽，苏小姐并未多反驳，她的现况就是这样，狼狈落魄。因为她学的专业太冷门，别说竞争，就连相关的工作岗位都很难找到。

同专业的同学大多转行，做什么工作的都有，过起了朝五晚九的日子，收入也算可观。

而苏小姐不然，她仍然将自己关在出租房里，日日搞着创作，画着自己心中的高堂广厦，捏着可怜的钱。

不久后，竟然有人通过学校找到苏小姐，希望她给他设计一期楼房。因为他需要的是冷门专业的设计人才，所以找到优秀的相关人才较为吃力。

最终他选择了在校期间多次获奖、颇有经验的苏小姐。

这算是苏小姐收到的第一份正式的工作任务，她格外重视，没日没夜地专心将初步设计赶出来，然后一步步修改。

待到设计方案通过后，苏小姐竟然拿到了五万块钱的酬劳！她平日里埋头苦画二十多份图纸也不及这次得到的酬劳的十分之一啊！

社会发展得越来越快，越来越多的人注重物质上的享受，生活品味提高，而好的舒适的房子，是人们追求的必备之物。也就是在这个时候，建筑设计变成了一个重要而稀缺的职业。

苏小姐抓住这个时期，竭力为自己争取，事业得以稳步上升。

苏小姐家里的人、街坊邻居，怎么都没有想到，固执而又考虑不周全的苏小姐，最终竟然成为了一位小有名气的设计师。如今的他，只用几天设计出来的图纸所赚到的钱，就可以比普通人辛苦奋斗数年所得还多。

提起苏小姐，众人都说她遇上了大好时机。然而他们这么说着，全然忘了苏小姐的学习环境是多么艰难。

没有绝对的好时机，没有那么多的偶然。苏小姐的成功，完全是她多年排除万难，坚持自己换来的。

其实苏小姐论辈分是我的姑姑，而我之所以喜欢称她为苏小姐，是因为她即便是 40 多岁的女人，仍然舒心动人，双瞳剪水，像孩子一般清澈。我的年龄越来越大，姑姑们也越发年老，唯独苏小姐清艳脱俗。

苏小姐如今喜欢穿一袭华美的旗袍，她的个子较小，穿上旗袍别有一番韵律与风情，柔和而又端庄，她对谁都浅浅地笑，让人看了舒心安然。

当我惆怅以后该怎么找工作，找怎样的工作时，苏小姐对我说："你只要记得，你只看着成功就好，行在路上，你看的，得是你想要的结局。"

是的，我们总喜欢在做一件事情的时候，考虑太多中途出现的困难。但若你的眼睛只盯住了困难时，便看不见直行的路。

大路宽宽，目之所及啊，唯有一处。心境亦直，则一通直达。

■ 永远不要选择放弃，如果你渴望成功（作者：三喵）

当拥有梦想时，唯有咬牙坚持，才能有收获的希望；当现实摆在面前，唯有不忘初心，才能得到始终！

和小川的相遇，是在学校外的一家小吃店。我没想到的是，这个看起来比我大不了几岁的男孩子，是我的学长。除此之外，小川还有另外一个身份，那就是这家小吃店的老板。

小吃店并不大，除去小川，店里还有一个打杂的大叔，外加一个我。

刚上大一的我，空闲的时间很多，每当空闲时我都会来小吃店。一来是可以做一些零碎的活计挣些零花钱，二来便是缠着小川给我讲故事——讲关于他、关于小吃店的故事。

小川出生在南方的一个城市，刚出生还没多久，他就被送回了老家。而他的父母为了他的未来，在南方的城市中打拼。

初中刚毕业，小川便被成为大老板的父母接到了身边照顾。偌大的房子、最好的中学以及每个月丰厚的零用钱，对于这些小川却感到无所适从。

新的学校，不同的课本使小川一下子跟不上学习进度，学校成绩自然退步很大，半个·学期过去了，小川的成绩不如原来的好。

期中考试成绩单被他随手扔在了书桌的一旁，然而第二天一早他看到成绩单被平整地放在了书桌的正中央。

迈出自己房间的大门，小川看到了掐掉了手上香烟的父亲，父亲示意小川坐到他的身边。小川有些忐忑，没有想象中的责怪，父亲反而关心地询问："是不是饿了？"

小川点了点头，父亲毫不犹豫地站起身，直奔厨房，不一会儿便端出了一碗鸡蛋面。

小川怎么会不明白父亲这是在鼓励他？看着眼前的鸡蛋面，小川第一次在自己的父亲面前流下了眼泪，那碗鸡蛋面小川吃起来也尤其美味。

这一刻，小川才明白原来食物也会有这样的魔力，能够让一个人的心情一下子从最低谷上升起来。

从那之后，小川但凡遇到不开心的事，就尝试着自己做一些简单的饭菜，从那碗鸡蛋面开始，小川对烹饪产生了属于自己的理解。

可是小川觉得有些难为情，有的人喜欢唱歌，有的人喜欢舞蹈，有的人热爱科研冒险，但很少有人会喜欢烹饪。

分心学习烹饪的小川，成绩又一次受到了影响，父亲很快便知道这一情况，小川不想隐瞒，对父亲坦白了自己想做一名厨师的想法。

小川的父亲沉默地将小川带到朋友的餐馆，父亲的朋友把小川带到了后厨。

明明是冬天，从厨师长到配菜员却无一不是汗流浃背的。成堆的原材料堆在后厨的门口，有人正在和供应商谈论着价格。

配菜员将原材料洗净准备好，大厨将原材料烹饪，最后服务生将成品端到客人的餐桌，看起来简单，却是来自整体后厨人员的完美配合。

小川这时才发现，做一名厨师根本没有他想象当中的那么容易，更不用说以小川当时的能力，根本不能经营好一家店。更何况烹饪本身也不是一朝一夕可以掌握的。小川明白了自己之前的想法有多天真。

那天下午回家，小川的父亲没有开车，而是选择了和小川一起走路。在路上，父亲看着身边的小川，习惯性地点了一根烟，却并没有抽，而是任由烟头慢慢燃烧。

那天下午阳光明媚，投射出小川和父亲的背影，父亲走在小川的前方，和他聊了许多关于未来、关于梦想、关于脚下每一条路的事。

父亲的每一句话都影响着小川，小川再也没有多余的心思去想关于烹饪的梦想，而是加倍努力地学习，从那之后每一天都变得忙碌而充实，直到他终于顺利收到了来自大学的通知书。

来到大学的小川就像挣脱束缚的小鸟一般，除了学习，其他所有的时间都献给了烹饪。只要有机会，小川便会到学校的食堂义务帮忙，从选材到销售，慢慢积累着烹饪方面的知识。

大二下半学期，得知食堂的一个窗口正在出租，小川便萌生了将窗口盘下来的想法，与此同时，现实问题也摆在了他的面前。

大二的小川，学业异常繁忙，如何从学业中挤出足够的时间，如何进行原料采购，如何筹备足够的资金，这些都是他不得不面对的问题。

他想到了自己的父亲，父亲认真听完小川的想法，便决定要支持自己的儿子。由于公司遇到了一些麻烦，父亲并不能为小川提供资金，但是父亲努力想着解决办法。他首先想到的便是自己的亲戚与朋友，听到是要支持小川创业之后，他们无一不嗤之以鼻，当小川是在玩玩而已。

尽管如此，父亲还是为小川筹到了一笔不小的资金。

拿到资金后的第一时间，小川就将窗口盘了下来，经营起了属于自己的小店。

从原料的选取到厨房的卫生，小川无一不认真监督；窗口人员的雇佣与薪资，小川不敢轻视；每天的收入小川也一一核计。

正因为如此，所有人都知道小川是对原材料品质与员工的要求极其苛刻的，这也给一些唯利是图的人可乘之机，卖给小川的原材料价格生生比别家的要高出一倍。

小川并没有意识到自己被原材料供应商欺骗了，而是根据原材料一次次地更改饭菜定价，久而久之，即使窗口的饭菜再美味，也没有同学愿意来吃了。

原材料的费用是寻常店家的两倍，所以收入少得可怜，一个学期还没有结束，小川的窗口便彻底经营不下去，父亲当初借给小川的资金也差不多赔了个精光。

小川灰头土脸地回到家，他头一次感到了沮丧。父亲早已在家等待着小川，坐在父亲的身边，小川习惯性地想听听父亲的建议，结果父亲出乎意料地劝他放弃。

小川打断了父亲的话。

那是小川与父亲有史以来的第一次争吵，他将自己关在了房间里来对抗父亲。父亲也在争吵之后一怒之下摔门离开了家。

两个人的争吵持续了很久，父子俩就这样僵持着，没有说过一句话。新的学期刚开始，小川便赶回了学校，他并不打算放弃自己的生意。站在那个窗口的面前，小川心情崩溃，父亲不肯借钱给他，他便只能寻找别的办法。

没有了父亲的支持，小川更加沮丧。

正当这个时候，小川的爷爷突然生了病，顾不上其他，小川和父母一同赶回了北方的小城。爷爷坚持不了多久，这一面竟变成了永别。小川的父亲也因为爷爷去世而变得异常沉默。

小川并不知道该如何安慰父亲，只能学着父亲当初的样子，为父亲下了一碗鸡蛋面，希望鸡蛋面可以让父亲的心情好一些。小川轻轻地将盛有鸡蛋面的碗放到了父亲的面前，父亲先是愣了一下，之后便止不住地流泪。

父子俩争吵过后，第一次心平气和地坐在一起。

"爸爸，你知道我当初为什么会喜欢上烹饪吗？是因为您为我做的那碗鸡蛋面啊，是您对我说，无论做任何事都要坚持不懈，可是为什么您现在让我选择放弃呢？"

父亲没有说话，只是看着面前的面，无声地点了点头。得到父亲的支持，小川终于露出了开心的笑容。

带着父亲的支持，小川回到了学校，认真分析了之前失败的原因后，小川放弃了原进货渠道，选择了自己去批发市场进货，所有的食材由自己亲手挑选。

小川说，从那时起，他便每天凌晨就起床，然后骑着一辆从二手市场买来的小三轮去进货，风雨无阻。他没有周末，平常也直接住在店里，只为了方便进货与节省时间。

我看到过小川的手，有很多的老茧，他告诉我这是他努力干活所致，这些老茧在他的眼里就是一枚枚的军功章。

通过进货，小川还细心地发现了其他的问题，那就是口音。对于小川这个外地人来说，进货的价格始终不如本地人的低。

自那以后，小川但凡闲下来的时候便和隔壁窗口的阿姨用当地的方言沟通，半年下来，小川的口音完全不像外地人。

解决完原料的问题，小川将重心投入到了其他的方面。小川从未停止过迈向自己梦想的脚步。

以全新面貌开启的窗口，并没有让小川失望，因为口味很棒，价格又不是很高，窗口的生意变得异常火爆，小川也因此有了属于自己人生的第一桶金。

从大三起，小川便在食堂窗口坚守。直到毕业，小川才盘下了现在的这家小吃店。一切从头做起，对于只经营过一个食堂窗口的的小川来说，怎样经营好一家这么大的小吃店，又是另外一个难题。

小川向别人讨教、上网搜索，通过他能用的所有途径进行学习。刚开始的小川只能做个幕后工作者，然而，他向很多人学习之后，也可以进行简单烹饪，直到他完全胜任厨师的职位。

获得这样的成就，小川付出的努力是常人根本没有办法想象的，尽管刚开始做出的饭菜味道不尽如人意，小川却根本没想过放弃。没有人做他的品尝者，他就做给自己吃；手被烫伤了，包扎好伤口便继续工作。

除了学习烹饪，小川还一直了解着学校的动态，但凡有创新创业方面的讲座，人们一定可以在讲座的某个角落，看到正在认真做笔记的小川。

课程结束之后，小川也会主动找老师分析自己小吃店的情况，一旦发现漏洞，便积极地解决。正是这个原因，小川的小吃店在学生中建立了非常好的口碑，甚至老师也都是小吃店的常客。

我一直相信这样一句话：不忘初心，方得始终。这句话其实就是告诉我们，无论做任何事，只有坚持不懈，才能有收获的希望。

没有谁的成功会是一帆风顺的，在失败面前、在挫折面前，如果你选择了放弃，便一定不会取得成功。

所以，如果你渴望成功，便不要轻易放弃妥协。

■ 努力，应该是方向的代名词（作者：沈薏渐）

你看了许多或成功或失败的例子，从中总结经验教训，总觉得没有成功是因为自己还不够努力，不够坚持。于是，你努力坚持。可进步与你无缘，日复一日，你永远都在原地踏步。

阿喜很普通，丢在人堆里就找不到的那种。

阿喜最大的梦想是开发一个头像印刻软件。只要录入你的照片，软件便会根据你的面部特征，合成你的专属头像。为了扩充这个资料库，阿喜每天都会在网上收集不同类型女孩子的照片，画 Q 版漫画。

这个想法足够大胆，阿喜在微博上得到了许多人的支持，她愈发确定这件事会是自己的终身事业。

梦想是人生必不可少的成分，如果没有了梦想，那么人生也将没有了光彩。梦想会给你人生的动力，却不会时时刻刻眷顾你。

阿喜在实现理想的路上，第一次产生的挫败感，就是在安安那里。

安安转学过来的第一天，阿喜就找到了她，想要给她做一个 Q 版头像。

阿喜的好意遭到了安安的拒绝。安安说："你整天画画，肯定会影响学习。同学请你不要来打扰我学习好吗？"

一向用 Q 版头像"横扫"整个年级的阿喜，第一次结结实实地碰了壁。

阿喜的性子执着，遇到困难，她便想要战胜困难。她瞧着"漫画交友"这条路走不通，便改找"生活入侵"。

上天总是公平的，许你多少，便会叫你割舍多少。

安安虽然人长得漂亮，会吹笛子，是个踏踏实实学习的好学生，可文化成绩一塌糊涂。阿喜无意中听同学说安安找了许多家教，成绩却没有一点提高。

阿喜得了这个消息，想也不想就将自己的家教介绍给了安安。她生怕安安不信，还将自己上学期和这学期的成绩做了对比。不仅如此，她还借机向安安证明，她一面发展理想，一面学习，二者绝对不矛盾。

在这样多的证据面前，安安勉强信了阿喜的话。可到底有那些被阿喜"骚扰"的日子，安安对阿喜心怀忌惮。

她拿了家教的地址，匆匆和阿喜道了谢，便回了教室。

得到安安有可能和自己一起上补习班的消息，阿喜心底乐开了花，上网查了女生交朋友的"攻略"。

阿喜瞧着桌上那些凌乱纸片的记载，感叹自己学习从未如此认真。可想着只要能和安安成为朋友，她便极为高兴。

整整一周，阿喜每天除了学习画画便盘算着周末上课的时间。

直到周末去了老师家，阿喜才傻了眼。

因为学习进度不一样，安安分到了另一个班，而那段时间，正是阿喜补习英语的时间。

这对于阿喜来说，简直是晴天霹雳。

计划失败，连带着这一节课也泡了汤。

虽说是在同一个老师那里上补习班，可因为时间岔开，整整三个月，阿喜和安安的关系，依旧停留在见面互相打招呼问好的地步。

阿喜望着干干净净的画画本，终究有点不甘心。她想，既然学习这一招行不通，就多了解一些安安的爱好，下次见面时有了共同语言，自然不愁没有话题聊了。

阿喜虽然有这个心，却没有这个途径。她几次都想要直接问安安，可是没有找到合适的机会开口。

眼瞅着过了五月，六月是学校每年的运动月，学校会挑三天举办运动会，运动会结束后，便是文艺表演晚会。因为时间紧迫，今年的通知卜来得又有些晚，每个班都在加紧报节目。

阿喜作为学生会的一员，是最早看到节目单的人员之一。她在最终确定的节目列表里，看到了安安的名字，安安表演的是笛子独奏。

阿喜如获至宝。她当即停了周末的英语补习，软磨硬泡地让妈妈给她报了一个笛子特长班。

在特长班里，阿喜属于超龄学生，没有资格考任何级别。即便如此，她依旧学得开心，即便五音不全，听不懂乐理。

"你已经超龄了，连业余一级的能力都达不到，你还是回家吧，学音乐真是浪费家长的钱。"老师教了乐理三四遍，看阿喜还是一脸茫然。她将阿喜的书扯过来丢在地上，很是嫌弃。

一次，两次，阿喜最开始的乐观心态被消磨殆尽。

忍了三四节课，最终不堪忍受乐理的折磨，她只能做了逃兵。

这件事因此成了阿喜的心里阴影。

学生会彩排，阿喜总是喜欢坐最后一排，能够看清全场。可这一次，她坐最后一排，是为了让别人看不到她颓丧的样子。

阿喜本是这次晚会彩排的记录员，负责将老师和学生会干部指出的节目缺点做记录。以往，这件事她做得是极好的，偏偏这次，彩排了五个小时，她本子上一个字都没有。

"阿喜，你这是怎么了？怎么连这么小的一件事你都做不好？"看了五个小时的彩排，指导老师本就有点烦躁，看见阿喜这样没有精神，她更是一脸不耐烦，把本子抢过来塞给其他同学，"算了算了，你别来参加彩排了，回去好好学习吧。"

若是放在以前，阿喜笑笑也就过去了。偏偏阿喜刚受了打击，犹如惊弓之鸟。

指导老师这么不耐烦，无疑是在阿喜的心上捅了一刀。

阿喜强忍着泪水，跑出了彩排教室。

阿喜回想起刚才安安吹笛子的样子，忽然觉得自己太弱了，连最基本的乐理都学不会，还妄想和"专家"做朋友。

心底对自己产生了怀疑，阿喜做任何事情都变得小心翼翼。

在学校，阿喜变成了惊弓之鸟；在家里，阿喜变得闷闷不乐；在补习班，阿喜变得沉默寡言。但凡周围有了风吹草动，阿喜总是会警觉性高涨，将自己包裹得严严实实。

在学校，阿喜看到安安，总会想起被老师摔了的那本书。

在路上遇到，阿喜不再跟安安打招呼。

这对于安安来说，只是少了一个走在路上可以打招呼的人，而对于阿喜来说，却是丧失自信的致命打击。

一次，阿喜在收拾书包时，看见以前的画册。她认为画画坚持下来就能画好，学吹笛子失败是因为不够坚持。

阿喜又给自己鼓劲，打气。

周末，阿喜又拎着笛子，到老师家上课。

老师一打开门，看见是阿喜，笑容中便带了几分轻蔑。她说："哟，又来浪费钱了？"

阿喜低着头，在心底反复念叨：我听不见，我听不见，我听不见。

这个班里，阿喜依旧是年纪最大的学员。她拿着笔很努力地记，聚精会神很努力地想。可老师十分钟之前讲过的知识，过后再提问，阿喜依旧不会答。

一次又一次，她惹得全班哄堂大笑。

阿喜红了脸，低着头，恨不得找条地缝钻进去。

好不容易挨到下课，老师点名让阿喜留下。等着其他学生都走光了，老师将阿喜的书丢进了垃圾桶，并算了剩下几节课的学费，退给阿喜。她说："你本来就不适合学音乐，别浪费我的时间、你的钱。"

阿喜还是想找回以前的自己。她看着老师都快哭了："老师，我一定好好学。你别开除我。"

老师推搡着阿喜出了屋子，关了门便不再理她。

失魂落魄地回到家，阿喜像是疯了一般钻研笛子的乐理。可她做得再多，仍旧没有一点进展。

因为学笛子而耽误了学业，升入高三后，阿喜完全听不懂课上老师在讲什么，课下也拒绝去补习。高考阿喜只考了三百多分，无缘本科。

那个假期，阿喜看着住在同一个小区的同学都欢欢喜喜地拿着大学录取通知书，搭上火车去了属于人生转折点的地方。

眼瞅着八月到了尾声，阿喜总算是等来了属于自己的大学录取通知书。她欣喜万分，可结果不尽如人意。

阿喜拿着大专录取通知书的手都在颤抖。她颓丧地回到家里，将自己闷在房间里两三天，再出来的时候，她面色晦暗，双眼无神，崭新的一张大专录取通知书，在她手里成了一张皱皱巴巴的纸。

"我想去小区的花园里坐坐。你们别跟着我。"阿喜推开父母，一句话，便让父母满腹话语都沉在了肚子里。

那一瞬间，天恍若都是灰色的，风一吹，枝丫上的叶子簌簌落下，落在阿喜的脸上，沉在阿喜的心底。在她心里，她就像这秋天的落叶，或许连落叶都不如。叶子落入泥土，还能滋养花草。阿喜看着落叶，自言自语："我的价值连落叶的价值都比不上。"

一个人迎面走来，捡起地上的落叶，说："人总比落叶更有价值。"

阿喜抬头一看，竟然是安安。她有些诧异，毕竟在学校里她们只是点头之交，出了学校更没有说过话。

安安很自然地坐在阿喜身边的花坛边上，把玩着手里的树叶，说："我听说你去学了笛子，最后没学成？"

阿喜的头低得更低了，没想到这消息传了那么远。

"笛子本来就不好学啊。我妈当初让我学笛子，是为了让我提升女性气质，可你知道吗？我学乐理时，简直一个头两个大啊，根本学不会。"安安见阿喜没有回应，揪了揪阿喜的衣服，"你知道吗？其实我从开始到最后都没有弄懂乐理。最后练习，我就挑一首最简单的，把每个音按哪里都记下来，多练习几遍就可以了。"

阿喜目瞪口呆地看着安安。

"你没发现我每次表演只有那么两三首曲子吗？其实其他的我都不会吹。"

阿喜想要说什么，始终没有张嘴。

她并没有听过安安吹笛子，只知道安安会吹笛子，她就想去学。她想和安安做朋友，向安安证明自己是对的。

可是，后来呢？

丢失的东西，好像远比得到的多。

"其实你会发现一件事情，你如果坚持对了，一路上你会收获无数自信。可有的事情天生就不适合你，你再怎么坚持也不会有收获。所以，做事情要坚持正确的方向，选错了方向也没什么可以自卑的，就当是积累经验了吧。"

阿喜茫然地看着安安，说："你为什么跟我说这些？"

安安把大学录取通知书给阿喜看，说："你帮我介绍了补习老师，我天生不是学习的料，我以前以为自己学就可以，可是我错了，我真的需要有人帮我。"

阿喜似乎明白了什么，心情也没有那么糟了。

安安拍拍阿喜的肩，说："这番话算是我对你的报答。那个……我被南京师范大学录取了，明年，我在南京等你哦。"

那一天，安安和阿喜说了许多话，黄昏时分才分别。

八月底，安安踏上了去往南京的道路。在她的鼓励下，阿喜放弃了笛子，慢慢地从绘画领域寻找到属于自己的自信。

丢弃了大专录取通知书，阿喜选择了复读。

因为底子不弱，专心学习，她的成绩很快就上了。

第二年，阿喜拿到了南京农业大学的录取通知书，到南京，见到了安安。

人生，本就是自己与自己一生的磨合，有很多条路可以走，适合别人的路，却未必适合你。你必须历经磕磕绊绊才会寻找到属于自己的路。

假如你在这条路上始终原地徘徊，就放弃吧，去选择一条能让你进步的路。

■ 你的生活不会出现在小说里（作者：千夜哀）

我们中的很多人，虽明知人生短浅，却把自己困在高墙之内，每天只看到四角的天空。

大年三十，在这个举国欢度、阖家团圆的日子里，表妹珍珍竟与姑姑大吵了起来，两人都说了一些让彼此难堪的话，闹得很不愉快。

在我的记忆中，表妹是个让人羡慕的孩子，学习成绩一直名列前茅，又长得乖巧好看，是老师和家长最喜欢的那种资优生。有几年，我甚至因为姑姑老在我面前炫耀，而不愿常来她们家走动。

姑姑似乎也没有预料到这个令她引以为傲的女儿，会有忤逆她的一天，顿时显得慌乱无措。考虑到我是家族中学历高、工作不错的晚辈，又从小与表妹交好，便打电话让我过去劝劝表妹。

我随意披了件外套，匆匆赶了过去。一进门就看到姑姑泛红的双眼和满脸的失意，心中很不是滋味。当年姑姑和姑父离婚，姑姑硬是不顾家人反对，夺回了珍珍的抚养权，一边工作一边养育珍珍。这么多年，再苦再累，她都不曾向家人诉过苦，而珍珍的懂事和优秀，更让她坚信了自己当初的选择。只是此时此刻，那微微白了的鬓发，眼角因伤心而轻轻抽动的皱纹，让她看起来苍老了许多。

我简单问候了一声姑姑，便来到珍珍的房间门口。刚喊了句"珍珍，是表姐"，尚未敲门，门就从里面打开了，一个小身影冲出来将我抱住，极度委屈地抽泣道：
"姐……姐……"。

这小丫头，可擅长用可爱无辜的表情博人同情了，
而且每试每灵。我无奈地笑笑，心想自己恐怕要倒戈了。

"跟我说说吧，怎么吵得那么凶？"

珍珍平复了一下心情，便拉我进屋，向我述说道：
"本来好好地吃着年夜饭，她突然问我明年高考若是考得
好，打算填报什么专业，我说我想去学画画，她一听就
怒了，然后我们就吵起来啦"。

我在床边坐下，静静地听着珍珍诉说。

"你也知道的，姐。从小到大，我都按着妈妈给我规
划好的道路走。念小学的时候，别的小孩子放学了都开开
心心地跑去玩耍，可我要跟枯燥的钢琴做伴，每天好几个
小时练习弹钢琴。嗯，学学音乐也挺好，那就学吧。"

我看着珍珍回忆往事时的自问自答，心中不免有些
辛酸。

"中学的时候，她身边的不少同事送子女出国留学，
她就让我周末补习英语提前准备。嗯，语言我还挺喜欢
的，那我就补课吧；到了高中，她明知道我喜欢那些有
韵律的古诗词、充满传奇色彩的历史人物，但考虑到理
科比较好选大学，她就在文理分班时帮我选了理科。嗯，

理科虽然……"

听得出珍珍心中一下翻涌而起的苦涩，我打断她，替姑姑说话："虽然有些事姑姑不经同意就替你做了选择，有一点大人的独断专行，但那都是为了你好，怕你走错路。"

珍珍看着我，略显酸楚地道："我知道，我知道她一直为我的未来打算，所做的一切也是希望我能过上更好更幸福的生活，所以我一直都很听话，每天除了学习就是上各种补习班，做她认为觉得对的事。可是……"珍珍顿了一下，声音开始哽咽，"我已经长大了，姐！我能明辨是非黑白，知道自己想要什么。我不求他人的认可，不求与人同行，只求能做自己喜欢的事情，为自己的将来搏上一回！"

我看看珍珍，望着她眼中闪烁的那份坚定和希翼的亮光，不免有些错愕。

现实中，有太多这样的人，这样的案例。他们为了上一所好的大学，毕业后有一份不错的收入，过上安定舒适的生活，于是选择了不喜欢的专业，干着不爱的工作，跟一个不爱的人结婚，然后每天机械重复，碌碌无为，用"平凡和简单"来终结一生，聊以自慰。就连我自己，何尝不也是走着别人建议的路，放弃自己喜爱的文学，念医科大学，进医院工作，然后找个大家都觉得还不错的对象相亲，循环往复地过着所谓"幸福"的生活！可是这些，真是我想要的吗？我无言以对。而面前这个十七八岁的小姑娘，在还很稚嫩的年纪，内心却如此通透和清明。

回过神来，我问她："你真的这么喜欢画画？"

表妹一下止住了抽泣，为即将分享自己心中的大秘密而雀跃起来。这样的反转，恰好印证了她对画画这件事的挚爱。只见她打开书桌最底层的箱子，取出夹在中间的画册，十分厚实的一本，珍宝般递给我。

我把画册放在双膝上，认真地翻过每一页。这些画，有的是单独的一幅，有些则是好几张拼凑成一个故事，画面栩栩如生，人物故事丰满，让人忍不住浮想联翩。画中的主人公开心时会笑，伤心时会哭，恐惧时会害怕，迷茫时会感到无助，却不会怯懦后退。尤其是面对抉择，那一双双幽黑的眸子里所呈现的态度，是如此坚毅果决。我看看表妹，再看看这些画，难以置信这竟是出自她之手。

表妹不时地掐着手指头，紧张地不敢吱一声，又渴望我的答案。

"你给姑姑看过吗？"我把画册合上，抬起头看她。

"给她看过几张，结果都被她撕了！"表妹嘟着嘴，一脸委屈。然后她凑过来，紧盯着我，满怀期待地问，

"怎么样，是不是画得很糟？"

我摇头："不会，你画得很好！我都被这些画感动了！"

"真的！"表妹惊喜，眼中闪出光来，"可是……"

她低下头，没有说下去。

我明白她内心的苦涩："如果我帮你一起说服姑姑，你能不能答应我，以后不再和姑姑顶嘴，不惹她伤心？"

"嗯！"表妹用力地点头。

我拿着画，拉着表妹到了姑姑面前："姑姑，我跟珍珍聊过了。我觉得画画也挺好的，不如就让她自己选择吧！"

原本是被找来劝服珍珍的，结果我倒戈相向，姑姑满脸诧异地看着我。

我深吸了一口气，继续对姑姑说："其实一直以来，我们都将自己的想法强加于珍珍身上。虽然口头上说不希望她出人头地，只求她平安健康，快乐地过自己喜欢的生活。可这些年来，我们一味地替她做着抉择，干涉她的人生。我们没有意识到珍珍已经长大了，她有自己的想法，也有能力决定未来要走的路。你看，这些画，没有多年的沉淀和苦练，是达不到这种水准的；没有执着的爱，更无法描绘出如此多动人的故事。既然珍珍为了自己的梦想这么努力，我们何不试着去支持她？"

姑姑急了："可是画画没有前途啊，以后她要怎么赚钱生活？每天为了柴米油盐操碎心，又怎么会幸福？你是经历过社会磨难的人，应该很清楚，画画成功不是一件容易的事。"

我正想再说些什么，珍珍抢先喊了声"妈"，我连忙给珍珍使眼色，示意她要好好说话、好好沟通。

珍珍明白地点点头，继续道："妈，你以为的幸福可能是一份体面的工作，有稳定的工资、有一定的社会地位，能得到亲戚朋友的认可甚至吹捧，跟条件差不多的人组建一个平凡的小家庭。可那都是你以为的，你幻想的，你渴望的。而我想要的幸福，是能画出一幅幅有灵魂的画，能给疲惫的人带来轻松，给忧伤的人带来快乐，给绝望的人带来希望，让每一个看画的人都感受到爱与幸福。妈，我知道你独自抚养我很不容易，也受了很多苦，所以才更希望我过得好。可是我不想一生平平淡淡，每天干着重复的活，上班就盼望下班，日复一日、年复一年毫无期盼。我已经长大啦，我想自己去规划我的未来、我的人生，我明白心中所思所想所爱。而且我喜欢画画并不是三分钟热度，我会努力，不会让你失望的。"

"珍珍……"姑姑错愕，然后低声念着珍珍的名字，一遍又一遍。

我看到姑姑神情中的动容和悔恨，她们应该没有如此贴心交流过，她都不知道自己的女儿已经不是小孩子了。

　　"姑姑，其实年少时你也曾执着地追寻过自己的所爱。当初，多少人劝你放弃珍珍的抚养权，重新开始生活。以你当时的学识和成就，要找个同等条件的男人再嫁并非难事，你也清楚这其中的利弊。可是你说，别人不是你，不懂珍珍对于你的意义，如果没了珍珍，你的世界就会变得暗淡无光。而最终，你也做到了。既然你选择了自己的人生，怎么不给珍珍一次机会呢……"

　　十二点的钟声响起。绚丽的烟花在空中绽放，照亮了澄净空明的夜。

　　我的脑海中忽然浮现出三毛曾说过的一句话："看得不顺眼的话，千万富翁也不嫁；看得中意，亿万富翁也嫁。"人生不就应该如此，尊重自己的内心，随心而走吗？毕竟日子是自己过的，是喜爱青山绿水还是喜欢无垠大海，是喜欢闲云野鹤还是喜欢驰骋职场，自己最为清楚。只有活出了自我，生活不管是甜是苦、是酸是辣，才都能安然接受。

　　那天晚上，珍珍和姑姑聊了一整夜。翌日，珍珍开心地跑来告诉我说姑姑已经答应，只要她高考顺利，就不再反对她学习画画。看着珍珍灿烂的笑脸，我既欣慰又有些羡慕。

人总是很容易被别人的话所催眠。懵懵懂懂青春年少时，我们每一个人都是珍珍，都有一份追逐。只是身边的人告诉我们，我们心中藏着的那条路很苦、走不通，于是渐渐地，我们放弃了最初的梦想，忽略了内心最为真实的渴求，踏上了前辈们用大半辈子经验总结出的一条最为通畅的路。我们本以为，这就是最好的选择，可某一天猛然回过神时才发现，原来，这不是我们想要的幸福。

人生总是有所缺憾，往往得到此，就失去了彼。人生重要的是应该知道自己到底需要什么。不要让未来留有遗憾。生活是自己的，把明白活在心里！

■ 请给梦想一首歌的时间（作者：月染溪）

当初他们像毛毛虫一样匍匐在地上，音乐就是唤醒他们心中那双翅膀的强大动力。当他们褪尽一身自卑，他们何等耀眼夺目，他们终于长成了想要的模样！

那时小布和许多普普通通的少年一样，留着寸头，面容上有着青春期特有的郁郁寡欢，成绩并没有多么优秀，也没有惊人的容貌，就像一滴水汇入大海，掀不起一丝一毫的浪花。

不过，小布的普通里确实带着几分特别，因为他是出身于单亲家庭的。

小布依稀记得，他从前的家平凡却温馨，曾是万家灯火中的一盏，可是父亲出轨这一事实，让向来强势的母亲毅然决然地选择了离婚。

就是这样随处可见的小布，却在 25 岁时出了他人生中第一张专辑。

这张专辑广受好评，许多人从中感受到了小布小小身躯里潜藏着的力量。他们都说："小布的声线空灵澄澈，但并不空洞，只要聆听，仿佛灵魂就被净化了。"

一直默默无闻的小布突然就这样红了，他始料未及，但他始终将音乐的质量放在首位。

某一天，小布练到深夜才意识到自己还没有吃饭，只好点外卖。他在见到外卖小哥的一刹那，前尘往事潮水般涌来，将他吞没。

尽管前路坎坷艰辛，小布却没有选择经济条件更为优越的父亲，而是要了抚养费，跟着母亲一起生活。

还在上初中的小布就很懂事了，他帮母亲买菜做饭，做家务，做一切他能力范围之内的事情。

可小布也知道，这样做是不够的。他知道母亲希望他好好读书，将来出人头地，但他真的没有学习天赋，往往没做几道题，他就想要昏睡过去，更别说取得好成绩了。

小布的心中始终有一个梦想——成为一名歌手。

可成为一名歌手谈何容易？

我的朋友灵灵，是和小布一样的人。我看着她一路走来，此间酸涩只有她一人独饮。

她家庭条件很好，家里供她去上培训班，日复一日枯燥地练习，之后一对一地培训。

灵灵一个人背着大大的包，风雨无阻。

有一次聊天，她对我说："老师都说你有一把好嗓子了，怎么不趁着课业还不忙的时候多打磨，上培训班呢？"

我妥协道："初中竞争也很激烈的呀，差几分就掉好几十个排名，你是家里条件好，再加上你的坚持。而我爸妈是传统死板的，家里情况也不好。"

灵灵赞同地点点头："说得也是。"然后，她话锋一转，说道，"我有一次去酒吧，听到酒吧歌手在唱歌，唱得居然很好听。一看，那不就是小布吗？"

我其实并不感到惊讶，小布确实有非常高的音乐天赋。

父母还没离婚时，家中事务都是母亲在操持，而母亲对小布的要求比起对一般人高得多。

小布从小时候起，时常可以听到母亲轻轻吟唱。而家里那架钢琴也总是飘起美妙的旋律，书架上也能找到有关音乐的书籍。

他听贝多芬、肖邦的钢琴曲，自学谱曲，也慢慢学着唱一些流行歌，甚至自己偷偷攒钱学习乐器，他在同学中偶尔唱的几首歌也让人难忘。

这一切都没能逃脱母亲的眼睛，她自己也是爱音乐的人，小学时小布成绩还算可以，母亲就管得相对松了些。但小布自升入初中之后，母亲就像是变了一个人，尤其是那时候母亲打工赚钱不易，第一次打了小布。

后来小布遇见了脸上布满沧桑痕迹的外卖小哥，他有些羞愧地对他说："听别人说，你就在这附近，我想着会不会遇到你，竟真的遇到了。你肯定不想再见到我了，从前的事，我跟你道歉。虽然有些迟了，但也算是解开了我一个心结吧。"

小布愣了愣，有些不明所以，却在看到外卖小哥额头上的那条伤疤时，看到他自己内心那块伤疤，纵然早已结痂，却未曾消失。

之后，外卖小哥有点不好意思的掏出一张专辑，讨好似的递给小布:"我女儿挺喜欢你的歌,能给她签个名吗?"小布签了名,内心五味杂陈。

这个外卖小哥,其实从前是他们那片小区有名的"霸王",仗着自己人高马大兼人多势众,经常欺负其他同学。

小布其实与他本该没什么交集,但"命运"二字后面向来不知道藏着什么。

那是学校举办的第一届歌唱比赛,小布不出意料报名了。彼时,小布一直都很想证明自己,故而准备得异常认真。

自然,小布的音乐才华得到了完美展现,在那次歌唱比赛中荣膺桂冠。

其实,一同参加比赛的还有"霸王",他在初赛就被淘汰了。"霸王"心有不甘,找起了小布的麻烦。

小布虽然长相不惊艳,却有几分女孩子的清秀,再加上声音偏阴柔,常常被人开玩笑。

"霸王"在课间走到小布的课桌前挑衅:"喂,你这个娘娘腔,你既然唱歌都这么女里女气的,何不扮成个女娃娃,让我们大家伙开心开心?"

教室里一片哄笑声,小布没有理他。"霸王"表情有些狰狞地回到了自己的座位上,撂下一句话:"敢惹到我,你真的是不想活了。"

小布初中时代印象最深刻的大抵就是这件事，"霸王"之后明里暗里给小布制造各种麻烦，小布的成绩下滑很快，自然被老师请来了家长。

母亲站在一旁，听着老师对小布的种种并不正面的评价，仿佛苍老了几十岁。

母亲见小布垂着头，一把拉过小布，声色俱厉道："是不是你把心思都放在音乐上了？我拼死拼活地挣钱给你补课买教辅，不就是为了你能把成绩提上去吗？看看你，你回报给我的是什么！"

说完，母亲竟打了小布。

老师赶忙把母亲拉开，说："小布最近成绩不理想也跟班里不良同学的霸凌有关，校方已经介入展开了调查。"

母亲看着小布手上以及腿上的淤青，抱过小布，痛哭起来。

小布看着眼前毫无形象气质可言的妇女，和记忆中那个永远端庄得体的女子完全是两个人，那飘散的发丝，碰到他的鼻尖，竟让他的鼻头酸涩起来。

整个初三，小布奋起直追，他像一个陀螺连轴转，忙碌让他连休息都觉得是一种奢望，更别提什么音乐了。

只是午夜梦回，在他痛苦万分失眠到绝望的时候，他的脑海里又会回放母亲从前哼过的歌谣，这比听什么曲子都使他安心。

小布就这样一日日熬到了中考的那一天。

中考小布超常发挥，进了一所不算重点但口碑也算不错的高中。

那是小布第一次见到母亲流露出赞赏的目光，小布心里也泛起丝丝的甜。

小布高一就决定当艺术生，而艺术生所花费的钱自然是不菲的，小布在假期得兼职到好几个酒吧当驻唱歌手。

驻唱歌手并不好当，小布在受到委屈的时候，一个人也偷偷地哭过，哭完之后，他会更加坚强。当驻唱歌手的经历带给小布的是站在台上的勇气和自信，同时使他的演唱技巧越发纯熟。

小布整个高中时代里没有青春期少年一般所具有的飞扬跋扈和放荡不羁，他之所以还没有放弃，还没有被现实击垮，是因为在他的心中，还留着一片小小的角落，这个角落里，盛满了他对音乐的不放弃不抛弃。

这种不抛弃不放弃的精神，就像是很多追梦人心里不灭的太阳，照亮了他们前进的方向，给予他们力量。

何时何地，小布都不忘带着教科书，将细小的知识点做成卡片，利用零碎的时间背诵。他还利用自己的特长，将各种需要记忆的知识串成歌词，轻松又好记。

久而久之，小布在文化科目上也展现出优势。

就这样靠着日复一日的坚持，小布考上了一所著名的音乐院校。

这是当初的小布想都不敢想的事。

我们都一样，总以为自己离心中的目标很远，还没有勇气迈开第一步，就在内心否定了自己。一想到痛苦沮丧的遭遇，我们只会抱怨逃避，进而一蹶不振，其实全力以赴后，没有什么不可能。

小布每唱一首歌，都能感受到这首歌给他带来的希望。他希望自己能够在更大的舞台上，让更多的人听到他的歌声。

他能够一天都不出房间，练歌到喉咙沙哑出血。

他能够花几天几夜研究怎么发出更为动听的歌声。

他甚至千里迢迢去到一个地方，只是为了问一个歌词的改动问题。

小布拿着那份外卖回到录音棚，大口地吃起来，眼泪也忍不住大颗大颗地掉下来。

小布参加过许多选秀节目，结果都被淘汰。即使偶尔晋级了，他也显得那么不起眼。

可小布并不灰心，他印好名片，递给有名的作曲家和歌手，就算被他们丢掉了，他也会捡起来，继续递给可能会对他有帮助的人。

有一次，小布参加比赛被淘汰后，抱着不大的希望，让一位评委看着他的作品，想让评委指点一二。

评委看了看，说："你是在这些选手里面，唯一字写得干净的一个。"

就这样，评委给了小布一个机会，靠着这个机会，小布步步走来，最后出了专辑。小布生日时，开了一场演唱会。

演唱会结束后，小布才开始透露这些年的不容易："其实，我只是你们中的普通人。我是在一个单亲家庭里长大的。我在初中时受过霸凌，很能体会弱小者的无助，但我后来走了出来，重拾梦想。希望你们记住：杀不死我的，必将使我更强大！最后，谢谢你们对我的支持和喜爱！"

掌声雷动。

台上，小布绽放出前所未有的光芒，他终于长成自己想要的模样！

小布知道，台下鼓掌响亮的人中必定有他的母亲。

你的出身，并不能决定你成为什么样的人。有很多大人物，刚开始也是从最平凡的底层做起的。追梦的过程并不是一帆风顺的，起点各有高低。与此同时，有人会阻拦你，有人会不理解，但这些都是次要的。重要的是，你能否给自己的梦想一首歌的时间，能否在黑暗的旅程中依旧保持赤子之心。

如果你都做到了，那么恭喜你，在漫长的等待之后，你终将迎来曙光，成为自己想要的模样！

■ 不怕万人阻挡，只怕自己投降〔作者：斐子桑〕

当我们追着梦想奔跑的时候，总会遇见千般挫折、万般坎坷，但只要我们不向那些有形或无形的阻力低头，梦想就一定会开花结果。真正有能力阻挡你的，只有你自己。

我最开始认识茕子，是在网上的一个作者群里。

机缘巧合之下，我们聊起了她的过去：茕子一直都是学校里最与众不同的那一个。

在这个满是独生子女的年代，茕子家里有两个孩子，她底下有一个弟弟。老人们根深蒂固的重男轻女想法，再加上"大的让着小的天经地义"这条"传统美德"，让她十分讨厌"家"这个名词。

小时候，母亲为了照顾弟弟，嫌给她梳头发麻烦，就给她剪了板寸。那时她刚上一年级，课间操排队，她被女生们推搡到男生那一边。晚上睡觉的时候，她把头埋在被子里大哭了一场。后来，她自己留起了长发，哪怕把小辫子梳得歪歪扭扭。

因为父亲在国外工作，母亲又要照顾弟弟，茕子小学的家长会都是姑姑代替她的父母去的。因为姑姑的女儿和她同班，母亲嘱托姑姑顺便照顾她一下。每当学校有活动允许家长陪同的时候，所有的孩子都有人陪着，除了她。茕子一个人孤零零地参加活动，接受四周投来的怜悯目光。

茕子有她的骄傲，她不会向任何人低头。于是这个每天头发乱着的小姑娘，成了学校里最会打架的小孩。有时候她会羡慕那些被全家惯着的女孩，羡慕那些有哥哥疼的女孩，羡慕那些被人欺负时有人护着的女孩；她也会骄傲地面对那些笑她没人管的调皮鬼。

任谁也想不到，这个甚至可以被称为"麻烦生"的女孩，竟然喜欢读童话。她喜欢的不是童话里美好的世界，她喜欢的是安徒生。因为安徒生创造了一个又一个童话世界。小小的茕子也有一个文学梦，她想像安徒生一样，用笔创造形形色色的世界。

因为不喜欢运动，再加上不控制饮食，初中时候的茕子变得很胖。

十三四岁的年纪，女孩正值豆蔻年华，开始打扮自己，有各自的偶像，迷上看各种青春杂志。茕子不会打扮，也不追星，再加上身上那一坨坨赘肉，她被女生们的小圈子排斥在外，甚至总被人嘲笑。

她无可反驳，因为她们笑的是事实。时间长了，她选择不去理会，对于那些为了嘲讽她而编出来的笑话，她装作听不懂。

有一天课间，同桌指着杂志上的一篇小说，说女主角和茕子真像，该不会是茕子写的吧？那个女主也是一个胖女生，但眉眼很漂亮，和茕子一样，也因为胖被人嘲笑。

茕子在同桌的嘲笑声中，默默看完了整篇文章。

茕子不像小学的时候爱和人打架，她变得很懒，对于嘲笑她不再反击。但是同桌的话，让她想起了儿时那场关于安徒生的梦。

那以后，茕子开始在本子上写小说。她喜欢开心地沉浸在自己的世界里，忘掉一切烦恼的感觉。

有了一定的积累后，茕子开始找各种文学比赛和杂志的约稿函。闲暇的时间就在手机上码字，发邮件。

她频繁地被退稿，收退稿邮件收到心灰意冷。

家人看她每天对着手机，便说她不务正业，不好好学习。

茕子一遍又一遍对他们解释，说自己不是在玩手机。

茕子参加文学比赛，主办方给每个入围作者送了两瓶挺贵的酒。那时候正逢春节，她本想把酒送给长辈算是尽孝，然而家里的老人问她："你这酒是玩手机中奖送的吧？"

那一刻，茕子心痛得无以复加。

母亲的一番话，更是让她的心针扎一样疼。

母亲说："写啥稿啊，你过了吗？给你钱了吗？好好学习得了。那么多人参加的比赛，你以为就你自己写吗？做梦赢吧。我看你是没事闲的。"

茕子索性闭口不言。

一天，同学来找茕子玩。茕子的母亲有意说起了她写文章的事情，添油加醋，事情就变了味道。

于是一传十十传百，班里的所有同学都知道茕子给杂志投稿、参加过文学比赛。

很多同学通过 QQ 问她：你赚了多少钱？

甚至有人向她借钱后不还，理由是：你随便写写东西就有钱，还差这点钱吗？

莣子从未觉得世界这样物质且现实。

一次班会，主题是"说给十年后的自己"。

莣子是文科生，学校里文科生受歧视可以说是有目共睹的事实。

有个同学说得很激动，不知不觉就讲到了这方面。

莣子那天发烧很严重，她听到讲台上的人说："咱们文科生不比别人差，实在不行，还能写文章过日子嘛！"

迷迷糊糊之间，她看到同学齐刷刷地回头看向她。

莣子不想说什么。

所有人都以为她写写文章就有钱，他们以为她随随便便就能洋洋洒洒写出几千字。可他们不知道，她为了赶稿，发烧严重"挂水"的时候也在写，没有人知道她为了写一篇关于某个职业的稿子，看了多少本书，没有人知道她为了写故事，把一本《山海经》标注得密密麻麻。

轮到莣子说的时候，她只说了五个字："愿不负初心。"

她唯一的愿望，是安安静静地写故事。不管是十年、二十年还是三十年，她都要在淡漠的人世间，编织一个个温暖的梦。

后来的一段日子里，茕子过得很压抑。

仿佛每件事都有意和她作对。

也许是因为母亲到了更年期，又或许是因为茕子到了叛逆期。

茕子在学校越来越讨厌那些只知道一味做白日梦的同学，在家里和母亲的关系也越来越僵持。

她做什么都提不起兴趣，每天莫名其妙地回忆自己过去的十几年，静静回味所有不开心的事情，想着想着就默默地淌眼泪。

一天，和母亲大吵一架之后，茕子摔门回了房间，抱着一米多高的大毛绒熊站在床上，看向窗外。她想，自己如果跳下去，就不会再有这些烦心事了，她可以像毛绒熊一样一直微笑着面对这满是虚情假意的世界。

所幸，北方的冬天很冷，窗子被冻住，她拽了好久，还打不开窗。

茕子折腾累了，抱着膝盖静静地坐在床上。

她看向窗外，那天晚上没有星星，夜空如墨一般，仿佛要把她的灵魂都吸进去。夜深人静，窗外呼呼的风声好像被无限放大，茕子听得一清二楚。

茕子忽然觉得不对。

第二天，茕子找来了一套相对专业的抑郁症测试题做，测试结果显示她有中度抑郁倾向，对生活有一定影响。

回想起那个差点轻生的晚上，她很怕，但她没有对家人说。一方面，她习惯了自己面对；另一方面，她可以预见他们会说她矫情。不了解抑郁的人，大多只会说抑郁是矫情造作、自己作死。

好在她只是有抑郁倾向，不至于到吃药住院的地步。茕子开导自己，几个月下来，她没再像那晚那样有轻生的念头。

茕子顺利地熬过了高中，她没有像她担心的那样受不了高考压力而做傻事。

那段时间，她变得越发沉默，静下心对自己的文章写写改改。渐渐地，邮箱里的退稿信越来越少，刊登了她的文章的样刊在书架上占了一方天地。

后来茕子考上了一本，录取她的大学虽不是重点名校，但是百年老校。

上大学后不久，茕子的第一本长篇小说出版了。

她再也没从家人嘴里听到"你做梦吧""我看你是闲的"之类的话。春节回家，她还被亲戚当作"座上宾"——小时候，亲戚都不拿正眼瞧她。

"捧高踩低"这几个字，她算是领悟得深刻。

茕子骨子里带着些许旧时文人的清高，她打心底讨厌这些虚伪的笑容。但她选择了表面的和平。

　　与不值得深交的人疏而不离，是她历经多年坎坷悟出来的原则。

　　经济上的独立，让她有了更多的自由，四年来除却寒假要回家过年，其余的长假期都被她用来旅游。

　　茕子在自己的置顶微博里写下了一句话：行万里路，写万卷书，走得有多远，心就有多宽。

　　她见过高原美景，见过烟雨江南，见过滔滔黄河……每到一个地方，茕子都会拍下许多照片来记录。

　　我看过她的微博相册，每一张照片里她都笑靥如花，大概没有人能想到这样一个女孩曾经差点因抑郁轻生。

　　在这淡漠的人世间，她过得如诗如歌。

　　这个倔强而又坚强的北方姑娘，经历过痛苦、绝望、迷茫，最终破茧化成了美丽的蝴蝶。她就如一棵青松，孤直傲然地屹立在风雪之中。

　　她把一切看得通透，似是一潭古水无波，又似春水一般柔情。

　　末了，她说："我不在乎任何人的看法，我只要做我自己就够了。高中时候突如其来的抑郁倾向让我明白了很多，我很感谢那扇被冻住的窗，不然也许没有今天的我。"这是她给我留下印象最深的一段话。

荧子这一路，有嘲讽有辛酸，但唯一让她觉得怕的，是高中时代那一次软弱。差一点，她就败给了自己。当她熬过那一次之后，她才真正开始蜕变。她变得更加沉稳，更加无惧。

我记得动漫和电视剧中经常出现这样一个情景：主角和另一个黑暗的自己打斗，打败黑暗的自己才能脱险。

艺术作品总是源于生活，荧子内心中和自己斗争，和这个桥段很是相似。也许我们每个人的人生中都有这样的桥段。

不怕万人阻挡，只怕自己投降，只有不向生活妥协，才能淡然面对悲欢喜怒，飞得更高更远。只要心中自有一道坚固的围墙，无惧风刀霜剑，终有一天，蝴蝶会破茧而出。蝶翼的每一次扇动，都美得如诗如画。

我们都有做毛毛虫的时候，区别只在于是否能够熬住破茧那一阵的痛，有些人在心底里自认为承受不住，于是只能维持老样子甚至更糟，而那些敢于直面内心的人，早已冲出蝶茧，飞到了四季如春的梦天堂。

那些迎风而上勇往直前的蝴蝶，担得起所有的赞美。

■ 熬过绝望就是希望（作者：明了了）

很多人在黑暗中不服输地奋力前行，会迷路，会受伤，会彷徨，但是只要熬过这段最灰暗的路途，就能再一次遇见光明。

过年的时候，几个朋友围在一起说着新一年的规划，毫不起眼的燕子成为了我们每个人羡慕的对象。

不同于我们几个循规蹈矩，朝九晚五的上班族，燕子的新年规划是要在中国开公司。

燕子微笑着回应大家的祝福，说了一句话："希望都是自己给的。"

我们或多或少听过她的故事，但那天她才将那些我们不知道的、她一直难以启齿的事情一并说了出来。

在燕子十七岁那年，当同龄人还只需要思考如何考出高分迈入重点大学的时候，她已经明白家中负债会给她的生活和人生带来多大影响。

燕子的爸爸那时因为生意失败负债累累而意志消沉，整个家的经济来源都被切断，一家人从云端跌入谷底，靠四处借钱和亲戚接济活着。

燕子的梦想是做生意，成立自己的公司，而这一次家庭的变故让她提前看到了生意失败的后果。她不忍心看见曾经把她捧在手心里的爸爸整天在家里唉声叹气，她在书桌前做作业的时候都静不下心来。原本成绩中等偏上的她，因为这场家庭变故，成绩一落千丈。

家长会后，爸爸和她进行了一次谈话。

燕子以为爸爸会因为她成绩下滑而骂她，因此她站在父亲面前，低着头看着自己磨破的运动鞋，一句话都不敢说。

爸爸喝了口凉开水，对她说："今天你的班主任说，如果有想出国学习的同学，可以开始准备了。"

燕子没有想到父亲竟然会提起这件事。这事班主任说过，之前家里还算富裕的时候，爸爸就答应她会让她出国念书，但是以她家现如今的经济状况，这是完全不可能的。

"我就是想问问你，你想不想去？"爸爸在问话的时候语气平和，就像是问她晚上想吃什么一样。

燕子知道自己不能再给这个家加重负担了，她已经计划寒假暑假出去兼职的事情，她觉得即使以后考上了大学，她也要勤工俭学凑学费。

燕子抿着嘴，摇头。

父亲叹了口气，说："你想要出国长见识，想要以后自己开公司，这是你早就给自己定下的目标。家里的事情你不用担心，这是大人的事。"

燕子眼里有光，每次提到梦想，她就觉得自己整个人被点亮了。然而，此时家中的情况，让她看不见一点希望。

燕子还是摇头，她的梦想在现实面前渐渐搁浅。

"在国内念大学就好了。"她不想让父亲看见她梦想落空的眼泪，说完就去做作业了。

她原本以为这件事情就这样过去了，直到有一天班主任把她叫到办公室，说了很多关于出国手续的事情，她才知道爸爸已经给她做好了安排。

钱哪里来？别说是学费了，就算是出国之前的语言学习考试费用她都交不起。

"出去好好学，家里的事情不用操心，我的生意可以从头开始。"她只记得那天回家后爸爸说过这句话。而且自那以后，爸爸真的开始了自己的小生意，转行卖起了电动车。

几个月后，燕子带着五千块钱飞去了德国。

长这么大，她第一次一个人走这么远，带着不知道几天就会用光的钱，心里的担忧远远大于对新生活的憧憬。

她知道，爸爸给她借这笔钱的时候，一定是受尽了白眼，饭都吃不上了还让她出国，亲朋的态度绝对好不到哪里去。

谈起刚去德国的日子，她的眼眶红了。

她出国的所有费用，都是家里东拼西凑的。她在国外的每笔支出，都需要精打细算。刚去德国不是先找有什么好吃的好玩的，而是先问哪里能够找到兼职工作，让她赚到钱，足以支撑她在这里待到本学期学业完成。那段时间，燕子除了在上课就是在兼职，平时在家不做家务的她，出了国之后，所有事情都需要自己来完成，除此之外，她还需要用最快的时间来适应一切。光是倒时差就让她觉得疲劳。

她变得自卑不合群，明明内心孤独抑郁，还要强撑，让别人知道她很好。只有到了深夜她才敢默默流眼泪。

当初定下的目标，她看不见一点达成的希望，好几次都差点熬不过去，想要回国找个工作先把自己养活。她知道实现梦想的道路很艰难，但没想到自己刚开始就快被打倒。

才过了两个月，燕子就病倒了，而她所剩的钱不够她在德国就医，她撑着不去医院，让接待她的一家人觉得奇怪。

那时她住在当地人的家里，她亲切地称女主人为德妈，燕子将自己生活的窘迫告诉了德妈，德妈心善，在她生病期间一直照顾她，直到她的病情渐渐好转。

德妈心疼燕子，想让她找个轻松一点的兼职，因为自己是当地的教育工作者，对于当地的教育信息知道得比较多，于是给燕子找了一些适合她的兼职。比如帮人家带孩子、教中文、讲解中国文化……至少能维持基本开支，比她在餐厅打工轻松一些。

燕子就这样在德国开始了她的工作，念书的时候想快点出去工作，等到真的找到工作，她却开始怀念那些只需要埋头学习的时光。

说到这里燕子突然笑了："你们知道我第一次面对德国人教中文的时候有多尴尬吗？比新老师第一天上课还要紧张，我当时只要面对一个学生，但是我坐在她的对面，觉得自己就连坐姿都存在问题，因为我心里没有底，一不小心还会说家乡话。"

燕子当时同时承接了几个任务，以至于光平时的准备，就比她花在自己学习上面的时间多。

向别人传授知识对于她来说完全是陌生的事情，以前作为学生，她都是在接收知识。她还需要机智地处理各种突发情况。刚开始的时候因为语言使用不熟练加上文化背景差异，她遇到了很多阻碍，她不能从以前中国的教育模式里面走出来，所以常常因为思考如何有效沟通而睡不着觉。

中国文化里面的很多东西是模棱两可的，这是她来到国外才意识到的。为此，她自嘲跑到国外研究中国文化了。

有时候上课的地方不算太近，她回家的时候地铁都停了，为此她只能自己徒步回家。在国外夜间徒步是很危险的事情，她到家后觉得自己像是走了一趟鬼门关。

燕子真正认识到工作的难处，更不用说是自己创业了，她觉得自己以前所说的梦想有些可笑，但就是因为这些真实的困难，让她感觉到自己离梦想越来越近。

她熬过了那些没有希望的日子，也在那时寻找到了希望本来的样子。

国外的经历为她做了铺垫，她的胸怀逐渐放宽，对待事情的心态也在变化，一般的困难再不能影响到她的心情。从前那个孤僻抑郁的少女不见了，她自信起来，这种自信表现在生活的方方面面，爸爸在每次视频中能够看到她的蜕变，虽然他心里自责，但他真心欢喜。

事情不可能一直顺风顺水，后来她发现总有些东西是她用一种语言难以说清楚的，她尝试了英语、德语、汉语，始终讲不明白。然而对方总是很较真，于是她只能用画画的方式来解释。有时候她画得连自己都看不明白，闹了几次笑话。

长时间说话让她的嗓子经常不舒服，但她仍坚持完成自己的工作，即使有时候只能用纸笔交流。

她的故事只有寥寥数语，我们却听得沉默了，其中的心酸也只有她自己最清楚。

前年她为了节约时间多跑几家，买了自己的第一辆车。渐渐地，她的学生多了起来，她如今经常教德国人做中国菜，她说自己在教授的同时也在学习，到了国外才真正理解了中国文化的魅力。

努力就会有回报，她抽不出时间来自暴自弃。这几年在德国，她的生活费和学费都是自己赚的，家里的债务是她和爸爸一起还的，即使这样，她也存下来一笔创业资金。

最近几次燕子回国后，那些曾经不愿意借钱给他们家的人不再讽刺，甚至说燕子将来一定会是个有大出息的人。

虽然忙着赚钱养活自己还帮家里还债，她的学习可一点都没有落下，她用最短的时间学习，同时规划毕业后的事。在她快要毕业时，她的公司开张，合伙人里就有她的学生。

回忆起这些过往，她说自己带着家里的负债和借来的五千块钱出国时，除了绝望，她不知道自己还有什么想法，她甚至不觉得自己能够完成学业。

还好那些日子都熬过去了，她熬过了那些看上去没有一丝希望的日子。虽然心存希望就会有烦恼，但总好过希望破灭。

现在她感激那些看不见希望食不果腹的日子，如果她还是以前那个在爸爸庇护下长大的小公主，那么她开公司的梦想会真正搁浅。若是没有艰苦日子的洗礼，遇到困难很快就会放弃，若是没有生活的压力，她也就没有工作的动力了。

燕子用汗水给自己换来了梦想实现的一天。她发自内心地感激那些帮助过她的人，以及让她获得成长的那些事情。

而她的爸爸因为吸取了之前生意失败的教训，慢慢地生意稳定了下来，虽然不如以前，但是一家人生活无忧，心情也好了不少。

这次回国她是为了她的公司回来的，现在的她，拿着自己找到的灯火，不断地逃离那些没有希望的黑暗日子，奔向今后的无限希望。

人总是需要生活在希望之中的，没有希望的生活是人生最大的悲哀，但是希望不可能永远以光辉灿烂的样子呈现，有时候它也会躲起来，或者被乌云遮盖。没有过忧虑和恐惧，我们就不知道希望的模样，但是只要熬过这段时光，希望就会再度现身，成为我们最好的旅伴。到那时候，我们要全力以赴地向前奔跑，不要回头，不要彷徨，那才是希望本来该有的样子。

第二章 ○

迎着风雪才能挺直腰杆 ●

前行路上的风雪，是现实与理想碰撞的音律。不要害怕，不要悲伤，人生不是一帆风顺的，大多会经历坎坷波折，只有迎着风雪，我们才能挺直腰杆前行。

■ 路在足下，心系远方（作者：一帘清幽）

诗人汪国真曾写过这样的诗句："凡是遥远的地方，对我们都有一种诱惑，不是诱惑于美丽，就是诱惑于传说。即便远方的风景并不尽如人意，我们也无需在乎，因为这实在是一个迷人的错。到远方去，到远方去，熟悉的地方没有风景。"

其实不止是诗人心系远方，平凡如你我，心中亦都有一片向往的远方，或实或虚，或清晰或朦胧。风光旖旎，水软山温的远方，因你心生向往而愈显神秘，因你魂牵梦萦而愈加美好。远方有归人，或是青梅竹马，或是相知旧友，或是萍水相逢，或是素昧平生。但远方也因他之存在，令你多了一份绵绵不绝的牵挂，多了一份柔情似水的关怀。

在一些人看来，世界上的城市大同小异，人生中的每个夏天也都千篇一律——东方的鱼肚白早早出现在了天边，白昼逐渐增长，黑夜逐渐缩短。窗外明晃晃的阳光肆意洒进屋内，纵然耳边电风扇似在永不停息地嗡嗡作响，我们依然不觉凉爽。蒸腾的热气似乎照旧从日复一日暴晒于日光下的马路边随风而来，令人烦躁无比。

可在职业旅行者 S 看来，在蝉鸣声声的悠长夏日，才会有一场完美邂逅。

职业旅行者 S，是个四处搜寻风景用相机捕捉一切美事物的人，她对"远方"有着异乎寻常的执念。很难想象美艳绝伦的面庞，注视镜头将刹那的美好剪裁成无数个细碎片段的深邃眼睛，二者相配该多么优美。

从偌大舞房里形单影只的芭蕾舞者，到义工之家门前活泼快乐的孩童，从庄严肃穆的建筑群，到风景区里大尊名人浮雕……她拍出的相片无疑是灵气十足的，或者说是富有生命力的。虽然只是日常生活的定格，但在时下千篇一律的类似"作业"的流水摄影作品中，它们总有些不同之处。

诸如此类的照片还有几百张。

S尽数发给我，而我逐一看过，不得不惊叹这些充满个人风格的作品。拍摄时间似乎是从2014年一直到2017年，由此可见，她一定是个耐心十足的人。

相比既无先天艺术熏陶也无后天美术功底，纯凭个人审美拍相片的我，S可以说是非常细致了。每一个时刻她都把握得恰到好处，成名了的摄影师也不得不承认，相比很多人只拍风景，她所涉猎的题材更为广泛，让人目不暇接。风景人像，静物建筑，似乎没有什么是不可拍的。

但最令我着迷的，还是她在厦门街头拍的一个少年的相片。

她跟我讲了那张相片背后的青春而文艺的故事。

那是一个下午，五点钟光景，伴随着附近中学的放学铃声，一群骑着单车的少年如潮水般涌向四面八方。一个少年跃入了她的眼中，他驻足于街边报亭，目光停留在一本本大部头的篮球杂志上。细密汗珠自他额头渗出，好似晶莹的露水，继而落在微微褪色发黄的 T 恤上。可他毫不介意地撩一撩刘海，抱着新出的几本杂志，轻快地笑了起来，眉眼间有掩饰不住的欣喜。S 轻轻靠近他，感受到满满的青春气息，是让少女想恋爱的味道。

诚然，S 还很年轻，可她扶了扶眼镜，不禁叹了口气。她同少年一般大时，眼前只有厚厚一沓堆得比人还高的试卷，以及五花八门的参考资料。没有所谓的怦然心动一见钟情，更没有风花雪月花前月下。说起来，这个如今性格张扬时呼朋引伴的职业旅行者，其实是比凉白开还要寡淡几分的。然而，不是所有人都相信这一点。S 的一些朋友说她只为"奇遇"而生，因为很多个静谧的夜晚，我们都在因为实习阶段要加班加点而焦头烂额，她却已经置身异乡街头最喧闹的音乐酒吧里，抱着吉他放声高歌且双眼迷离。这就是她。

她时常挂在嘴边的一句话是：人生海海，路在足下，可你得心系远方。

告别了 S 以后，我抬头望着天边的晚霞，看它由堇色过渡为黛青，最后墨色云层漫过了鳞次栉比的高楼大厦。也许是因为受了 S 的影响，我忽然下定决心改变一下自己，用 S 的话说就是，一定要给循规蹈矩了那么多年的自己一场完美的旅行。不求充满蠢蠢欲动的偶遇，只为心灵的安宁。

其实很早以前，我就和老友商议一定要来场做足攻略的文艺之旅，算是弥补那场缺席很久的毕业旅行所带来的遗憾。但最后，对于亲密关系不甚习惯的我，还是选择了独自出行。

我必须承认，厦门之行真的是因为非常难得的一时兴起，折后 1600 元的单人往返飞机票价，无疑是让我怦然心动的重要原因，在"省钱至上"的我看来，廉价航班实在不失为学生党的最佳选择。

一个钟头左右的行程，快降落时，临窗而坐的我俯瞰着蜿蜒曲折的河流以及千篇一律的都市景象，不觉有些扫兴，感叹所谓的旅行，真的不过是从一个你待腻了的地方去往另一个别人待腻了的地方而已。

抵达了厦门高崎国际机场后，看同行人大多有三五好友来接机，我竟莫名有些心酸，但转念一想，一个人的远方之行又怎样？反正人生海海，总是要适应孤独的。于是我神色如常，故作潇洒地拖着行李箱大步向前，健步若飞。

从机场去预订好的酒店的路上，我摘下墨镜，听一个来厦门十多年了的北方司机，兴致勃勃地向我介绍厦门林林总总的景点，以及那些不可不尝的美食，从鼓浪屿、万国建筑一直扯到海蛎煎，从厦门大学、南普陀寺一直扯到沙茶面，听那北方司机侃侃而谈，我又忽然觉得此次来厦门，大概算是不虚此行，毕竟景点再千篇一律，能面朝大海，饱食终日也是极好的。

一路上，目所及之处皆是苍翠的草木，原本浮躁不宁的心绪竟渐渐平和下来。

微热的夏天，我静静地望着这个青春明艳的海滨城市，翻滚的海浪，挤满了人的沙滩，人声鼎沸的海鲜大排档，都是俗世生活该有的模样。我看过舟山的海，也去过斐济的海，本该对海景习以为常，可当一股浓烈的风情味夹杂着海滩边的醇厚椰香袭来时，我还是沦陷了。

下车后，我一路问了很多厦门本地人才找到那家坐落在小山上的酒店，准确来说，它只能算是传统意义上的青年旅馆。逼仄的空间虽被装修得颇有文艺风范，但空气中若有若无的消毒水气味混合着奇异的草木清香，还是让我忍不住苦笑了一声，我不禁感叹道：果真是接地气的穷游生活啊。

然而就在我徘徊不前时，前台冷若冰霜的姑娘看到我拖着行李箱手足无措的样子，居然笑了一声，柔声问道："第一次来青门？"

"青门？"我疑惑道。

"就是厦门啦。"前台姑娘的言语里流露着本地人的骄傲。

我微微点头。

"晚上有空的话一定要去曾厝垵走走，"前台姑娘飞快地望了我一眼，又认真地补充了一句，"没有去过曾厝垵就不算来过厦门——嗯，乘 29 路公交会比较快。"

"好，谢谢。"我仍以微笑回应。出门在外，我坚信会有温情与善意存在。

我乘 29 路公交只坐了两站，便到了目的地。

曾厝垵的游人并不少。但面对一望无际的海，我还是凭空生出一种万物静默如迷之感。海滩的长廊下有块斑驳的岩石，立着几只叫不出名的海鸟，鸟儿在咸湿的阵阵海风中颤动着翅膀，像是即将随风而去，又好似在等待故人归来的寂寞旅人，历经漫长等待之后亦不忘眺望对岸令人无限向往的未知天地。

又是一阵海风拂过，微波粼粼的海面美如仙境。似乎所有的不快都可在这一瞬被海风裹挟而去，不留痕印。渐渐地，我竟不知不觉走到了长廊尽头，一抬眼，见一对情侣手牵手静坐在岩石上，任海风扑在脸上，他俩满身青春与自由的气息。

猝不及防地，我记起了他的脸。他是我年少时的初恋。只可惜，少年之后，再无少年。用青年作家的话说大概就是，我们没有输给世情，却败给了时间。

大抵如此吧。我安慰自己，唯有孤独几乎是完美的。但我并不确定那个叫海德格尔的哲学家说这番话的本意是不是如此。或许，每个人只有在静默面对自然时，才能真正做到心无杂念，达到孤独的最高境界吧。

我胡乱地想着，思绪飘飞，一抬眼注意到海滩上有家卖台湾绵绵冰的冷饮店，边上竖着块字迹模糊的招牌，似乎是价目表，可我意兴阑珊，便脱下鞋，打着赤脚，沿着长廊静静地沿原路返回，一路向西，回到了喧嚣的街道上。

我望着街边各色各样的小店，形形色色的过路人。无论是谈情说爱风花雪月，还是坐在路边大口"撸串"大碗喝酒，都是生活的本真模样。明明灭灭的光倒映出一个活色生香又无比真实的厦门。

在这样一个不眠之夜里，我惊觉此刻心中一片安宁。

回到酒店后，我难得没有点开手机里那长长一串联系人，没有和从前的好友大肆渲染厦门之美。我只是打开台灯，静静地从包里翻出一张明信片，摊开来密密麻麻写下许多话，但就在我疲倦地写完最后一行字想要丢下笔时，一抬头瞥到了墙上被人潦草涂下的一句话——希望下次和你一起来厦门。我微微一笑，便又在提笔信上补下一句——或许这不过是一趟普通的旅行，但我觉得找到了开始一段美好新生活的意义。

路在足下，心系远方，这样的生活确实很不错。

■ 踏过重重荆棘，你终将成为自己的王（作者：千季）

绝望中踏过的重重荆棘是红毯，坎坷造就的成熟与阅历是冠冕，你的国度之中，唯有你是真正的王。

去看房子的时候，我遇见了学生时代的同班同学裴凡。那时候我们都是班级里的小透明，受着气却只能忍耐，心中兀自忿忿不平却无话可说。

时隔数年，她仿佛换了一个人。身着一袭黑白的职业套装，周身气场凌厉得令人胆寒。售楼处的经理跟在她身后，向她介绍着最好的位置与房型。

我没有认出她，本着不关我事的心态，只匆匆瞥了一眼就移开了眼睛。

反倒是她认出了我，过来打了个招呼，还要了我的联系方式。

本以为只是点头之交，没想到我们又在同学聚会上见了面。

她这次的装扮截然不同，齐肩的长发未被渲染，就随意地披在肩上。鼻梁上架着一副金丝边眼镜，眼镜后是一双含笑的眼，完全看不出之前的狠厉之色。

但她的影响力丝毫未减。能与会馆的执行人谈笑风生，又轻易递出一张分量不低的卡，解决掉餐桌上五位数的餐费。

餐桌边每一个知晓她身价的同学都无比殷勤，生怕惹恼了她。仿佛面前这个笑得让人如沐春风、优雅从容的女人是手握生死的阎王。他们敬畏又恐惧。

少时经常讽刺挖苦她的几个女生还是老样子，被她反将一军，无地自容地下不来台。而她仍然微笑着，仿佛无事发生。

她变了许多，如果说从前的她是向往着人群、鲜花与赞美的小公主，那现在的她完全可以被称为独身踏过荆棘，端坐于王座之上的女皇。

从前的裴凡是个太过平凡的女孩，红色的圆框眼镜和万年不变的校服，让她淹没在匆匆来去的人海里。被黑色发圈紧紧绑缚住的马尾，似乎也从来没有变过，眼镜后的眼睛永远让人看不清。

而我身为班里为数不多的能和她说上话的人，慢慢有些了解她。她喜欢古风、动漫这些在别人看来奇奇怪怪的东西，自然没人与她搭得上话；大多女孩子喜欢的东西她看来则没有意思。

那时的她，就如同一个憧憬着西方世界，却与西方世界格格不入的东方公主，被困于方寸之地无法逃脱。

但最让我印象深刻的，还是她的一个眼神。那天不知出了什么事，宿舍里一个姑娘又讽刺不懂得化妆打扮的她。

她低着头，看着一本不知名的书。待到那姑娘说完她才抬起头，镜片之后的目光沉重且危险。我第一次注意到她的眼睛，就是在那个时候，不笑的她，眉眼唇角都太锋利，带着能刺伤人的寒意。

裴凡还是在那里买了房子，数百平米的跃层式住宅。

地段极好，这样的房子显然价格不菲。可签下购房协议的时候，裴凡轻轻松松，递出去的卡，里面的钱瞬间被划走七位数，她眉头却没皱一下。

连装修她也漫不经心。

我看过她房子的装修设计图，是很多年前的一张动漫图片，她曾经很喜欢，如今真的用了。

她从胆小怯懦的女孩，熬成了现在雷厉风行的女皇，内心依然保留着这份喜欢。她想要的从来都记得很清楚。

同学会之后，我们恢复了联系，而只有这种时候，我才会感觉到面前这个浑身散发着成熟知性气质的女人，是数年前那个平凡无奇的女孩。

房子的装修紧锣密鼓地进行着，我每过一段时间就会去看看。地板被更换成木质的，暖色的壁纸覆盖墙面，各种风格的家具被陆续搬了进去。

最后是房间里每处细节的装点。带有古风元素的浅色窗帘、相框装裱打印出的高清图片、卧室办公桌上的小盆多肉、沙发上摆放好的各式抱枕。

橱柜里整齐地码着调料，靠下的格子里是速溶咖啡、奶茶还有各种口味的果味饮料。

书架上没有一般成功人士会摆着装点门面的各类书籍，却有几年前的漫画和各种小说。

办公桌、茶几、落地窗前的小床上，散落着各种资料与文件。

整套房子里洋溢着温暖的气息，天真幻想与严肃单调似乎在这座房子里恰如其分地融合。

正式搬家那天我去晚了，进门时她正躺在阳台边的那张沙发床上处理文件。她的工作从某种意义上来说很危险——风险投资。

谁能想到堂堂一家风投公司的执行董事喜欢古风、动漫呢？轻松签下金额千万元合同的手，也曾小心翼翼地拂过一本限量版漫画的每一页。

"高中毕业之后，我考上了S大学金融系。"她低声笑了，我却很是不懂，当初我们都选的是文科，她为什么却选择了金融？

"因为有我父亲。"裴凡说，"他一直都想自己开一家公司，他自己管理，让我们在公司里任职。三个孩子里年纪最大的我，被逼去学企业管理。"

后来和父亲协商，她最终选定了金融学。几乎是在定下专业的那一刻，裴凡就迫不及待地离家了。她再也待不下去了。

小学、初中、高中，父亲都以"为你好"的理由决定了每一件事，每当她想要反驳，迎面便是父亲的责骂："你长这么大是谁养你的？你吃谁的喝谁的？小孩子家家管那么多干什么？"

面对着父亲的一句句质问，她一次又一次选择了沉默不言，一次又一次默许了父亲为自己做出的选择。只有夜深时，她才能躲进自己的房间无声哭泣。

张大着嘴，撕心裂肺地哭着。她不能出声，一旦出声就会被问："你怎么了？你又怎么了？"

起初她还会解释一两句，可是每次得到的都是差不多的敷衍回复："就这么点事你哭什么哭？谁家孩子也没有像你这样的！别哭了烦死了！"

于是她学会了缄默，学会了把一切都藏在心里，学会了将精神寄予外物之上，学会了安慰自己——"还好，事情还没有到最糟糕的那一步，还有办法解决。"

然后她的大脑飞速运转，想好对策。

"可，凭什么是我呢？"她红着一双眼睛，这样问道，"为什么是我摊上这样不好的事情，而不是别人呢？"

我无话可说。

"后来我懂了，"她说，"因为我不够强大吧。如果足够强大，怎么会有这种事情？"

在一众学金融的男生中间，裴凡成了唯一的、最优秀的那个人，追求者排成长队，而她却视若无物。

还不够！还不够！她在心中一遍又一遍地重复。

她以优异的成绩，获得每一年的最高奖学金，拿到美国一所顶级商学院的录取通知，此后，她将这样的成绩保持了下去。

裴凡在美国待了几年，再回国时被冠上"商界新秀"

的夸张名号。她谦虚地向同行说，自己不过是取得了小小成就，一点点融入这个她从前从未想过的圈子。

她用高跟鞋和黑白职业装将自己武装起来，用来装饰的金丝边眼镜后，是一双什么时候都沉如死水的冷漠眼瞳。目光似乎总带着能够割伤人的寒凉与抗拒之意。

可当你仔细看的时候，却发现那双眼睛温柔含笑，带着无比亲和温暖的目光。她柔柔地看着你。她口中吐出的字句都很有道理，不论这一次的商谈成功与否，你们的关系总是一如往昔，甚至更好一些。

"这样不累吗？"我问。

"累啊，"她笑了笑，"怎么可能不累呢？我向来害怕人多的地方，可是演讲、谈判、会议怎么可能逃避？我只能慢慢练习。起初演讲之前我需要一遍一遍反复念，避免念错、卡壳或是语气不对，我没什么熟人，就录下来自己听。后来就好多了，我可以拿过稿子就读，完全不会出差错。熟能生巧。"

她一个人待在房间里，对着几张演讲稿一遍遍地练习。不时放出录音，仔细听着自己话语中每个不妥的字眼，一次次放轻自己的语调，尽量和善可亲。

太阳升起又落下，房间里的声音，从有些刻意的温柔慢慢变成了稳妥从容的柔和女声。那个女孩穿上黑色的高跟鞋，套上一件又一件华丽奢侈的晚礼服，绾起及肩长发，将危险而锋利的目光，尽数藏在精致的金丝边眼镜后。

"后来呢？"

"后来啊……"

某个阳光明媚的午后，她和往常一样审查申请风险投资的公司文件。一份明显不可能拿到投资的申请，也混了进来。

她翻到最后一页，一个具有强烈个人风格的签名刺伤了她的眼睛——是她父亲。

裴凡出国后不久，他如愿以偿拿到了家中老宅的房产证，抵押给银行贷了一笔钱，开了一家汽车贸易公司。

公司起初运营得还算不错，可他不自量力地签下了一份合作意向书，往里大笔砸钱却不见回报，公司流动资金很快用完，几个项目需要的资金迟迟无法到位，不得已，他只能再次寄希望于贷款。

裴凡看也没看申请书的内容，干脆利落地打了回去，"申请贷款失败"。

她父亲不死心，打电话给她："快点批准把贷款给我！公司快不行了，你难道要看我们破产喝西北风吗？！"

她耐心道："申请资格不够，我无权私自批准贷款。"

"别废话！我供你吃喝上学，这么点钱你自己做不了主？你个不孝女！"

裴凡干脆利落地挂了电话。

资格不够就是资格不够，与亲缘没有任何关系。当初她无法拒绝自己不想做的事情，可现在她能光明正大地拒绝她不能做的事情。

她笑了笑，手机落在木质的办公桌上，发出一声沉闷的哀鸣。

她说："所以说啊，要努力变得厉害一点。哪怕是为了自己呢！哪怕是为了拒绝。

"谁会给你时间难受？你因为某个人的一句话难受的时候，那人早不知哪儿去了。难受？什么用都没有，你的难受对别人来说什么都不算。

"能轻飘飘地说出那么难听的话，那种人，你还盼着他对你说对不起么？"

我明白了，我说："所以你才那么努力！"

"是啊。"她点点头，"看着曾经居高临下俯视我的那个人，如今变成了这副模样，是挺让人开心的。我努力了那么久、奋斗了那么久，为的不就是不再看到这样的人么？"

只要你足够优秀，就没有人能够伤到你。不是这样的人不再有了，而是即使这样的人出现，你也能对他不屑一顾。

只有懦弱的人，才只会用言语中伤他人。

在黑暗中独自撑过绝望与无助，熬过坎坷与磨砺，这样的人怎么会不成功呢？

绝望中踏过的重重荆棘是红毯，坎坷造就的成熟与阅历是冠冕，你的国度之中，唯有你是真正的王。

■ 强迫自己融入人群才能变得平庸（作者：ECO 熊）

世界也许给予我们太多的苦难，也许在冥冥之中又帮助我们寻得彼岸。不管是什么结果，我们都应该相信，这一切都是最好的安排。

距离大学毕业近十年，截止到今天，我对南方的认知依旧停留在老谢的诉说里。

我第一次知道，原来菠萝有长在树上的，也有长在地上的。

我第一次知道，原来老谢家住的村子里，每家最少要有两层，下面一层养猪，上面一层住人。

我第一次知道，原来她们洗澡的时候，从来不搓澡，而且极其注意隐私躲在小单间里。

南方在老谢的诉说里，变得越来越清晰，也越来越神秘。

老谢，一个来自南方的豪放派，大学四年和我关系最为亲密的女孩儿，是我的舍友，睡在我的上铺。刚到大学的时候，我站在被分配的宿舍里，看着这个个子不高的"软妹子"，怕她爬不到床铺上，就先占了上铺。

"我不用在下铺的，你个子这么高，身体协调能力差，还是我在上铺吧。"虽然她这是团结友爱的举动，但我就这样被她在心口插了把刀。

我一直认为南方人应该温润如水，所以处处将自己的声音放低，表情放温和，想让老谢感受到离家乡两千公里外的温暖。但我发现，我错了。老谢的声音并不温柔，举止也不细腻，反而干净利落，说话很大声，容易生气，也很好哄。我对她的印象由原来的"软妹子"，活脱脱地变成了女汉子。

老谢不是很聪明，但很努力。

她的成绩在班级里能够到十名左右。大学每个班里只有三十人，和高中时代的班级设置完全不一样。在每个人都过着睡觉、打游戏或者是到处玩耍的日子的时候，老谢的生活却很简单——去图书馆，吃饭，然后回到宿舍，整天过着教室、宿舍和食堂三点一线的生活，看起来很无聊，她却过得有滋有味。正是因为她的努力和她的收获不成正比，所以我给她提出了这样的结论。虽然是这样，但是我从来没有看到她困惑过。后来，她依旧过着这样的日子，似乎没有谁能够打扰她。

在大学这个地方，大部分人是第一次离开家，没有了约束，更没有了制约，所以有些人在飞腾，而有些人则选择沉沦。老谢这种坚持像高中生活的学习态度，的确是格格不入的，但也让人佩服。

老谢跟我说，她这么拼命地读书，是为了能够做一名优秀的老师。我们作为非师范专业的学生，跟老师这个职业选择，多少会有差距的。但是，人总是要有梦想的，并且要付出努力实现梦想，所以我对老谢的想法表示支持。

而我和老谢的想法完全不同。那个时候的我，对以后的职业选择没有什么概念，只是凭着自己的性子，想做什么就做什么。我学着管理专业，却爱好计算机，所以自己调整了课程安排，去蹭其他专业的课。后来我又喜欢上了文学，就跟着一个饱读诗书的老师到处窜。临毕业的时候，我加入过很多的社团，进过不同部门的学生会，也参加了很多或高端或幼稚的活动。总的来说，我拿了很多奖。那个时候，仅仅是学校的奖项不能满足我，我的眼光投向了市级、省级、国家和国际……

很多人认为老谢古板，而更多的人叫我疯子。很奇怪，我们两个人完全不一样，但是我们很合拍。当然，我们的生活不仅有远方，还有烤串儿和麻辣烫……

她吃遍了小摊上各种各样的小吃，增重了二十斤；

她看见了几场雪，每次给家里打电话，总会像个见过大世面的人一般详细地讲述起来；

她也习惯了在大澡堂里洗洗涮涮，搓澡巾都换了三条……

我仍能想起她说的段子般的现实。她坐火车从北方出发一路脱衣服，到家了就剩一件外套；她从家里带来的特产（我至今也不知道那是什么东西），到我们眼前的时候，已经成了干干的硬饼子……

每次和她一起走路，她总会撑着一把伞，但再怎么打扮，她也是个大大咧咧的姑娘。

她和朋友到外面吃优惠的自助餐，还悄悄地在包里装了很多苹果和香蕉，回来的时候分给我，我一边嘲笑她没见过世面，一边吃得津津有味儿。

她的东西总是莫名奇妙地掉到我的床上，每天我都会在临熄灯前全部"上交"，然后等着第二天各种东西继续到来。

我知道早上她总是得来个带肉的烧饼，而我可以吃两屉小笼包。

临毕业学校发了放东西的袋子，她刚用就因为太使劲而弄坏了，还一个劲儿地跺脚。

当时以为很好笑的事情，现在想起来我一边笑着，一边满腹的辛酸，因为那个时候的我们都是穷学生，但从未感觉到贫穷和无奈。

时间过得很快，老谢在书本中度过了四年，而我兜兜转转也过了四年。后来，随着宿舍里的风尚，我们都选择了考研。老谢是主动的，因为她希望获得更高的学历，有更多的资本，而我是被动的，与其考研，我总想看看这个世界究竟是什么样的。考研的结果是我们两个都落榜了。老谢学得有些死，而我学得不扎实，这样的结果在我的意料之内。

后来，到了各奔东西的时候。我是离家最近的一个，但我也是最先离开的一个。离别这种情景，想想就难以接受。收拾东西的时候，大家还在嘻嘻哈哈地开着玩笑，结果收拾好之后，却突然没了声响。我低着头跟大家说声再见，却没想到，一回头还是和大家抱头痛哭了。

我一直觉得人生中有太多的四年，这四年的生活对我们来说影响并不大，但分别的那一瞬间，我才知晓，原来我人生最重要的四年，就是和她们一起度过的，而今天我将与她们分别，并且以后可能再也不能相见了。

那天，是我第一次见老谢哭，用老谢的话说，她也是第一次见我哭。我到现在还是认为老谢哭得真是丑极了，所以我希望以后她一直高兴下去。

后来，我选择在自己家所在的城市上班，安安稳稳地做了一名上班族，接受领导的各项命令，时刻坚守严谨的工作作风和极具效率的处事风格。虽然满脑子的想法，却一直没有能力实践。老谢也回了广东，用一年的时间找老师的工作，却没有找到，最后选择了进银行，整天和钞票打交道。

不知道过了多长时间，我们两个由最初毕业后的每天联系到后来的不联系，我才发现，原来时间和距离真的能够冲淡一切。

一晃就过了五六年，我们不小心就奔了三。突然有一天，老谢发消息说她知道我好忙，不能到，所以她在婚礼的前一天才告诉我。这条短信我看了一遍又一遍，大学时的光阴一下子涌现到了眼前。不知道什么时候，我流了泪。同事问我怎么了，我说朋友结婚了。他们说那有什么好哭的，我摇摇头，心里真的为她高兴，真心希望她过得好。

点开老谢的头像我才发现，她的网名变了一个又一个，可个性签名这么多年来一直是这句——一切都是最好的安排。

一切都是最好的安排，这句话是上大学的时候我们看到的。那个时候我正躺在床上玩手机，正巧看见这句话，当时感觉这句话很有力量，坚忍又不妥协，所以我改了自己的个性签名。老谢看见之后，马上说，哎，这句话真不错。于是，她也把签名改成了这句话。当时我笑哈哈地说她跟风，她说跟的也不是我的风，我管不着……此时此刻，看见这句话，我似乎又看见那个固执又笑哈哈的老谢。

我现在的人生不是我想要的，老谢的人生也不是她想要的。我们心里一直保留着最初的希望，一直在努力，可能一辈子也做不到，也可能幸运地完成了。不管怎样，我们从未放弃过，也从未忘记过。我们接受自己的处境，也接受自己遥远的目标，所以我们会坚持下去，怀揣着最初的梦想。

记得有部电影，叫作《睡在我上铺的兄弟》，我没有看过，但是一看到名字，就想起和老谢相处的日子。我想无论它是什么题材的电影，带来什么样的感官体验，它都有着对时间的留恋，或许遗憾，或许感慨，留下的终究是延续时光的生动青春。

亲爱的朋友，如果你恰好二十来岁，或许在等着高考，或许在等着大学毕业，无论你是沉浸在书海里还是抬起头来看一看外面的世界，我都希望你坚持下去，找到属于自己的一片天地。无论结果怎样，请坚持下去，不放弃，不哭泣，毕竟，一切都是最好的安排。

■ **过好不如意的生活，是人生不可绕过的一堂课**(作者：诗语萱)

寻梦，追梦，撑起满船的星辉；肆意，欢笑，交付笔尖的风花雪月。嘘！慢慢听，这一个十年为期的文学梦……

小雨是我认识的作者朋友，我们是最好的笔友，她总是喜欢把自己的故事讲给我。二十三岁的女孩子本该是喜欢"买买买"的，而我和她都喜欢做梦。一个关于文学的梦想，说起来矫情，可不说又有点憋得慌。

别人是这样评价她的——

"这个人闷骚得很，明明很外向，偏偏就那样刻意地隐藏着自己的一部分。"

"写小说的她，是在逃避不如意的现实。"

"你看看这个人，好奇怪啊，她喜欢的东西，几乎都是我们不能够理解的。甚至，那些东西不是我们能接受的。"

当小雨把这些都告诉我的时候，我只能说，合群的她实则不那么合群。写着温暖故事的她，实际上很在意别人的看法，也很努力地想要成为大家眼中"正常"的女孩子。

人生来就是不同的，求同存异是最好的相处状态。

小雨在一番努力之后，终于决定成为一个有棱角的姑娘，她跟我说："我最好的笔友，我们正是因为不同才更有特点。为了保存这个特点，固然是辛苦了些，可是，我实在不希望放弃我看重的东西去迎合别人。"

这个时候的小雨，是我很是敬佩的姑娘。

感谢她的语文老师，把小雨教得那么好，养成了她敏感而又治愈的性格。她的敏感与生俱来，对文字痴迷入骨。凡是跟她交往过的人，都能从她的文字中看出治愈的气息。写一个暖暖的故事，也是她觉得比较开心的事情。小雨带着这份治愈气息，走近了网络文学的大军，签约网络文学城。

那时候的小雨很没有自信，她害怕自己的文章不被人认可。每天坚持更新三千字，终于等到了她人生中第一个伯乐。"文笔细腻，文如其人，姑娘想必是个十分温婉的女孩子。如有签约意向，请联系我的工作QQ。"小雨现在还能背出短信的内容，脸上洋溢着初次看到短信的笑容。她跟我讲，她真的很开心，有一个平台愿意接纳她拙劣的文笔和不切实际的故事。那时候的小雨，需要的是认可，她很幸运被编辑认可。

记得小雨跟我讲："我要去寄合同，可是外面的雪好大好冷。"我在QQ上给她发消息说："你改天再去吧，合同也没有这么着急。"大雪纷纷落下，雪地中有个姑娘义无反顾地走着。我在2013年2月5号看到小雨的专栏出现了签约作者的红章子，那一刻，我和小雨一起定了十年之约。在网络文学坚持十年，要相互鼓励着前行，谁都不许轻言放弃。

暑假很快就过去了，我们都有自己的学业要完成，小雨要去西安读大学。离开家之后，小雨就离开了电脑，我很少见她更新文章。

直到有一天，小雨给我发消息说："我没有电脑，可能不能像以前那样日更三千字。我们约定了十年，可网络文学的梦想似乎没有开始，便已经结束了。"小雨跟我说，她好想去更新，不愿意让读者等太久。她是新人作者，每一次点击都是支撑她前进的动力。可她没有电脑，手机也不是智能的，很难保证稳定地更新。

她自尊心极强，不愿意去问同学借电脑打字更新。

我劝她："要不和家里讲讲，买一台笔记本电脑也方便些。"

她回我：家里的情况不太乐观，她不想家里人为了给她买电脑太辛苦。她没有办法跟家里人开口要一台笔记本电脑用来写小说。大学的生活丰富多彩，可小雨总觉缺了点跟梦想相关的东西。

小雨想去兼职打工赚点零花钱买电脑。初次打工的经历不算很好，涉世未深的姑娘被人欺骗，不仅没有得到应有的报酬，还对外面的世界充满恐惧。那时候的她，只能把梦想放在心底。课余时间，她习惯性地拿出纸笔，写大纲写剧情写着关于梦想的字字句句。身边的同学、朋友、老师都觉得小雨是个"高冷"的女孩子，性格外向却鲜少主动跟人讲话，其实她只是活在自己的世界中。天马行空，唯有用文字的方式为外人道也。

沉寂于自我的世界，温暖着相似的灵魂，这是一件让人痴迷的事情。

在这份痴迷中，有人因为她的文字肆意欢笑，有人因为她的文字潸然泪下，更有人因为她的文字圆了一个在现实中无法圆满的梦。小雨想要为少女织梦，把那些关于青春，关于还没能弥补的遗憾，关于我爱你却总是开不了口的故事都写圆满。这就是她最简单的初心，纯粹得不染一丝世俗气。

正是为了这份初心，她甘于孤独，只想着不能辜负这份最初。

你根本没有办法去拒绝一个心怀梦想的姑娘，正如我时时刻刻都想跟这个姑娘说说话一样。我怕她走得太辛苦，我更怕她没有坚持到最后完成跟我的十年之约。

我觉得这样的女孩子真的很特别。她对爱情抱着完美的幻想，笔下的男主角大多是温润如玉的。小雨在现实中也遇见过如玉公子，可那个公子另娶他人，她注定也只能是别人的姑娘。一段感情结束，在她心里放了很久很久，久到已经成了一种习惯。

我问她："你是不是为了他才写的小说？"小雨隔着手机屏幕，无比认真地告诉我，她从来都不愿意讲自己的故事，这是底线！

我大概是懂她的，她没勇气讲出自己的故事，这是她的弱点。我想着，她肯定能等到故事里的那个人，有一天能云淡风轻地讲出自己的故事。其实，我们都软弱，我们都没法承认自己是个作者，没能骄傲地告诉身边的人，我们写的故事很精彩。

两年过去了，小雨有电脑了，可写文也消磨掉了她两年的热情。小雨认识的很多作者放弃了写作，因为实在是太难熬了。约会推掉，出去逛街也推掉，就连晚上睡觉的时间都要挤出来更新。

坐在电脑面前，用三个多小时写三千字，然后，读者用三分钟的时间去了解你。更可怕的是，没有人愿意去了解你。那种失落和孤独日积月累，压垮文弱的神经是轻而易举的事情。

北岛的《白日梦》中有一句话："那时我们有梦，关于文学，关于爱情，关于穿越世界的旅行。如今我们深夜饮酒，杯子碰到一起，都是梦破碎的声音。"

是啊，我们的梦都在深夜的酒杯中，所以小雨喝醉酒会大哭。她不敢轻易喝醉，不能轻易失态，要时刻保持理智去坚持梦想。很多人放弃了，她到底在坚持什么？那么痛苦，不如放弃，跟朋友一起游山玩水岂不是更加欢喜肆意？文学梦从来都不会破碎，它在小雨的心中生根发芽。那时候，她跟我讲，她没有放弃过，跟我的十年之约她记得清清楚楚。

小雨的课业繁重，学习一些从来没有听过的软件是非常磨人的事情。她几乎没有时间写文，不可能完成的作业压得她有点喘不过气来。

可她比谁都感激专业课老师，老师在用不讨喜的方式教学生技能。首先，隐忍是必须的，手写三千字到八千字不等的论文都完不成，还谈什么她是签约作者？为了能光明正大地承认自己是作者，她耐着性子学。

其次，坚持是最好的执着。一个星期都在坚持去图书馆查阅资料完成作业，才能让她守住心头的火苗点燃梦想

最后，也是最重要的，感恩每一个给你不可能完成任务的人。世界上，不是每个不可能都会变成可能，可你不努力是绝对不可能完成不可能的任务。那些任务也许不需要真正地完成，它只是在教会你一些事情，学到了便足够了。这些都是她告诉我的，不能写文的她却时时刻刻为了成为更优秀的作者而努力。

我们毕业了，完成了学业。小雨想要在家全职写文，遭到了全家的反对，谁愿意相信她能在网上获得稳定的收入呢？当她拿到收入的时候，亲人觉得这份收入不足以支撑她的生活。小雨习惯晚上写文，亲人看在眼里更加心疼，始终觉得她走网络文学这条路实在太辛苦了。

当时，她要是没有接触过网络文学，心中也没有关于文学的梦想，可能会和大多数女孩子一样，追求一份稳定的工作。心怀梦想的小雨，乖巧了二十多年，为了这件事跟家人起了争执。道理也讲了很多，可连最亲的

人都没能理解她，小雨觉得有点失落。小雨有些偏激，她当时有过一些很绝望的想法。不过，换个角度，小雨很能理解亲人的善意。她跟我讲起这件事情的时候，眼中含着泪水，我想跑到她的城市抱抱她。每个人都有选择自己生活方式的权利，更有追求梦想的决心，她的选择可能没有错，只是在亲人眼中那个选择不是最好的。

为了完成跟我关于文学梦的十年之约，她有对抗全世界的勇气。一个人，不求归途破釜沉舟，要不是爱得深沉谁能做到这样的地步？即使身边百尺寒冰，小雨也有以热血融化寒冰的决心，这个女孩固执得让人心疼。梦想在很多时候可能不被人理解，也可能遭人非议。它的存在，本身就是一枕黄粱，成真的时候才是值得庆祝和欢喜的。

最近一次联系到小雨的时候，她告诉我，她可能要去上班。为了让亲人安心，她的任性也不能太过火。我很理解她，也支持她做的决定，她是该跟这个世界好好谈谈以证明自己的能力。小雨做过文案策划，也写过软文，她值得被老板温柔相待。我希望，十年后等我见到这个女孩的时候，她的一切都是圆满的，那些不被理解的梦想都能被人宽容。她挚爱的亲人，也愿意支持她做的每一个决定。

文学梦远，我认识的这个女孩子，不畏惧，风雨兼程一路向前！

■ 往前走，你会发现更广阔的路（作者：Lucy）

如果前行的路上没有光，如果你不知道这条路的尽头在哪里，如果一路行来磕磕绊绊难有希望，你还愿意继续走下去吗？往前走，路上很广阔。

随着毕业临近，身边的朋友陆续出去实习，我当然是按捺不住的。

大多朋友跑去了北京，对一个从没去过首都的人来说，心动向往是无法避免的。

北京是大城市，机会多资源多，许多人在这里种下梦想的种子，盼着它结出丰硕的果实。机遇必然伴随着压力和竞争，我也知道，不是每颗种子都能破土发芽修成正果，但为这开阔眼界的机会，我也义无反顾地买了北上的车票。

我期待得到成长，也渴望变得更好，但少年人皆有一颗莽撞的心，所以自高中时期离开家，我便养成了只顾往前不回头的习惯。我总想着要走远点，再走远点，多闯闯多看看，才不算枉费年少一场。随着人群走出火车站，我找了一个还算安静的角落给小二打电话。她是我高中时的好友，现住在河北燕郊的学校里，同意让我留宿几晚。

大望路地铁站的出站口没有电梯，我提着行李艰难上行，一只涂着深红色指甲油的手突然搭在我的皮箱上，瞬间就减弱了我手中皮箱的地心引力。戴着鸭舌帽，褐色口罩和同色背心，黄色的头发，这是我对她的全部印象。似乎帮我提一提行李真的只是举手之劳，她对我连声的"谢谢"没有给出任何回音。上到楼梯顶端，她的身影很快就消失在了人群中。

辗转来到小二的学校，却被骑三轮的大爷那过于迅速的北方普通话绕得头晕，我顺着他的指点，终于找到入口。放下行李，我又马不停蹄地赶往北京，多亏了地图软件，我顺利找到了面试的公司。

忐忑地回答完两个小姐姐的问题，我遭遇了在北京的第一次尴尬，短发的小姐姐说："这是怎么挑选简历的啊？跟我们需要的一点也不符合啊……"

没想到碰壁来得这样快，走出公司大楼的我，还没有回过神来，那两个小姐姐旁若无人地嘀咕的画面还在我眼前打转。我想起来北京之前，室友说过"大城市的人都很好的"，我孩子气地想，大城市的人根本一点都不友好，全然忘记了早前得到过的帮助。

傍晚时，我终于与下班的小二碰面，我们坐着专门来往于北京与河北的面包车，从灯光繁华如星的北京，驶入漆黑安静的河北燕郊。

两天后，小二请了假陪我在北京到处看房子。

十来个人住在一间不分卧室的大客厅里，清一色的上下铺，中介热心地介绍着："只需要700元钱一个月，就能租一个床位，你看，这里采光很好，你的行李可以放在柜子里，床上还可以放个小桌子……"

北京够大，确实让我见识到了不少新鲜事物，比如租房只租床位。

我悻悻然拉着小二离开，然而接下来看到的，让我更想逃离，五平米左右的小房间，狭小而逼仄，让人喘不过气。哪怕早就说过在北京只能住地下室一类的玩笑话，但真正面对这样的境况时，我忍不住打起了退堂鼓。离开的时候，中介甩着钥匙提醒我："你要尽快考虑好，约我看房的人很多。"

我知道，像我这样的人很多，他根本不缺我这一个租户。

我一心想往北京跑，却忘记了考虑这些实实在在的问题，来之前，我想象过自己住在密不透风的小房间里，昏暗灯光下是我朝气蓬勃的身影，可事实又是怎么样的呢？在残酷的现实面前，我一步一步地往后退，别说找工作了，现在我连一个像样的落脚点都没有。

就在我几乎放弃时，我看到了一个转租帖。位于北五环外，有着"亚洲第一社区"之称的天通苑，房间足够宽敞明亮，家具一应俱全，一米八的大床，只是要与陌生人同床而眠。我没有时间去考虑这样的合租方式安不安全、能不能长久，联系好房主，第二天我就拖着行李住了进去。

搬进去的第一天，我还没来得及跟新室友联络感情，便奔向了第二次面试，一脸精致妆容的面试官，对我展开了一系列的发问，因为迟到而感到紧张的我回答得磕磕绊绊，好几次都答非所问，我自知能力不足，心怀歉意地说了再见。到目前为止的两次失败让我有些低落，但我告诉自己，至少已经找到了住处，开心一点吧！

举目四望，这个匆忙的城市没有一样我熟悉的事物，陌生的口音，陌生的食物，陌生的车牌号，就连地铁站的标志都不一样。或许，我看到的月亮也跟家乡的不一样。我拼命压制想回家的念头，我不能，也不允许自己就这样放弃。

趁着三天假期，抱着广撒网心态的我投递了许多简历，假期结束后，陆陆续续接到一些面试电话，更多的则是石沉大海。

直到一家与我专业相关又颇有名气的公司给我打了电话，我到得比约定时间足足早了一个小时。太阳晒得我睁不开眼，我顺势在花坛边坐了下来，月季开得正好，可我像个傻子一样坐在那儿，实在与环境格格不入。面试的过程比我想象中顺利，甚至在离开的时候，面试官还询问了我可以入职的时间。

与新室友分享了这个好消息之后，我开始了漫长的等待，一天，两天……第四天的时候我终于按捺不住，给面试官发去了消息，他说我通过了面试，下周一就可以入职，我高兴坏了，一连回复了好几声"谢谢"。

兴高采烈地打电话跟爸妈说了情况，刚放下手机就收到了一条短信，面试官委婉地说领导觉得实习生已经够了，暂时不用我了。笑容凝滞在脸上，我盯着那条短信翻来覆去看了十来遍，如此戏剧性的情节怎么会发生在我身上呢？

找不到房子的时候我没有绝望，面试失败的时候我没有绝望，反倒是这会儿，我深深怀疑自己跟北京"八字"不合，为什么偏偏是我被命运捉弄？

等待的过程总是难熬的，我没再接到面试通知，也没有收到入职邀请。我仍旧茫然地投递着简历，仍旧茫然地等待着，焦虑让我迷茫，又让我清醒无比。

又一次面试完后，我走在摊贩云集的天桥上，天桥下的车辆川流不息，地铁站外面排队的人匆匆刷卡进站，没人关心我心情如何，每个人都很忙，忙着去上班，忙着回家做饭，忙着从今天过渡到和无数个今天没有任何区别的甚至看不到边际的明天。

我开始认真地思考要不要回家，来北京已经半月有余，我仍旧是个无业游民，都说北京的机会很多，可那些机会没有向我伸出手。

西沉的太阳就像我的心情，迷蒙且下坠着。我不断问自己：做好继续坚持下去的准备了吗？过了这个月，还是找不到工作怎么办？继续用爸妈的钱耗着，还是灰溜溜地打道回府？

我得不到答案，好像每一个问题，都没有完美的解决方案。

霓虹灯闪烁起来，夜幕黑沉，我始终下不了决心去买那张回程的火车票，其实买票不过是两三分钟的事情，我犹豫不决的态度，已经表明了我的真实想法。

走，很容易，留下，却需要更大的勇气。

几天之后，我终于得到了一份正式的实习工作，没有经验、业务能力不足、抓不住重点……这些问题砸得我晕头转向，带我实习的小姐姐一脸隐忍的烦躁和失望，因雾霾而整日昏黄的天空，时常使我感到绝望。我听着五月天的歌走在瑟瑟冷风中，阿信唱着"我不愿意一生晒太阳吹风，咸鱼也要有梦"。

我想，我就算是条咸鱼，也要争取做怀有梦想的那一条吧。

人生不就是这样的吗？不断遇见新的事物，不断受挫，在一次次跌倒中爬起来，也在一次次受挫中吸取经验再站起来。我明白，不管我遇见多大的阻碍，即使千难万难，也终究会过去，哪怕这个过程艰辛又壮烈，但只要我能坚持住，挺过去，总会雨过天晴。

以前我总觉得这种想法的诞生，是因为人类天生会在困境中自我开导，做最坏的打算，也抱最好的希望。但其实不是的，这样的想法汇聚起来，便会形成一种叫做相信的信念——相信自己能做到，相信努力不会白费，相信遇到的所有不顺遂，相信脚下这条昏暗无边的道路，必定会通向属于自己的那片蓝天。

力的作用是相互的，我要付出，要向前走，才能得到命运给我的馈赠，而一旦通过了命运的试炼，走过那些风雨，我也定能从其中得到些什么，或许是人生的感悟，或许是生存的道理，总之，不亏。

只要我还心怀梦想，只要我还坚定步伐，即使穿越风雨的时候又冷又孤独，我也不会畏惧。就像鲁迅先生那句不知被多少人熟记的名言："其实地上本没有路，走的人多了，也便成了路。"于我而言，人生本就不是坦途，一路上风霜雨雪，荆棘丛林不断交替，一直走下去，我才能看见更广阔的路。路上会有更多的选择，也会出现更多的阻碍，甚至阳光鸟语花香会一并出现，而这条路的尽头，将会是一个更好的我自己。

我还很年轻，才二十来岁，还远远不到享乐的时候，大把的时光和机会在等着我，不管前方是洪水猛兽还是乌烟瘴气，我都愿意去试一试。就算是浑然天成的美玉，也要经过数次打磨才能成为精致玲珑的饰品，所以我知道，在遇见更好的自己之前，此刻所经受的挫折都不算什么，我不能因为阻碍而停步，更不能生出放弃之心，因为那个她，那个我想成为、此刻却还无法触碰的她，正在未来等着我，等着我一步步变好变强，等着我散发出自己的光芒。

停下来或许很容易，但往前走，才会看到更多更美更不一样的风景。所以，没有什么理由能困住我的双脚，我不会停下，也不会气馁，脚下的小道，我要一步一步将它走成坦途，我要让自己迎接更精彩的人生。

■ 敢于想象才能成就伟大（作者：时半阙）

那些我永远不可能经历的、可能不再有机会发现的、还来不及与之相遇的，都幻化成我故事里的情节。那些永存在故事里的角色，凝聚了我许多幼稚与成熟的想法。

2010 年是一个"玛丽苏"充斥网络世界的年份，那时候非主流文化尚未褪去，而我也只是一个稚嫩的初中生。我与班上几个爱好相同的女孩子组了一个小团体，很长一段时间，我们一起放学回家、一起赖在学校门口的 COCO 饮品店谈天说地，一起开始我们天马行空的幻想……即使这个团体存活的时间并不长，现在仍旧坚持写小说的人只剩下我。

在我步入初三的时候，我签了第一份合同。

我还记得当时母亲的笑容，有些尴尬，又有些难以理解。她觉得花二十多块钱，从本地寄一叠合同资料到北京去，消耗作为一个学生的时间，根本不理智。那时候我也还没有什么概念，从小说的构思到封面的设计，再到十几万字完结，对于一个初中生来说，的确像是一个遥远的梦。但我并不后悔点燃了星星之火。

那个夏天艳阳当空，整条街道都在整改。窗外的人们忙忙碌碌，总是在齐心协力做着什么事情，而窗内的我，穿着睡衣，扎着两条辫子，慵懒地坐在电脑面前，顶着来自母亲的巨大压力，终于走到了签约那·步。那是我梦想开始的里程碑，也让我坚持到了现在。

我告诉母亲，我想成为一个写小说的人，就算不是以笔为生，也想以笔为马。在我的死缠烂打下，她妥协让了步，第一份合同就这样寄出去了，承载了我的忐忑和期望。但我没有告诉其他人，我一直认为，在成为一个超级英雄之前，是没有必要让别人知道你被多少蜘蛛咬过的。

我没有告诉母亲书名，故事里有太多自己的幻想和少女心情。可她还是找到了。"怎么搞得好像你很有经验似的。"这句话和她憋笑的样子影响了我很久。其实我知道这是作为一个母亲的支持与骄傲，她以我为荣，但也确实让那时候的我一度对这个决定犹豫不定。

她不理解我。

春节又至，我们一家人回家乡过年。万万没想到，"我写小说"这件事情又被提起来了。明明是赞扬的字眼，从房子的一角飘到另一角，却好像一道鲜美佳肴变了质，钻入我耳中时，多了一股让人难受的气息。他们的溢美之词，让我像一条被甩上了岸边的鱼，面临着窒息的危机，差点扼杀了我继续的欲望。

写网络小说的人太多，本身做这件事并没有什么了不起。因为家族里从来没有人做这件事，现在终于有人开始了，若是没有一番作为，似乎对不起这个家族。

来自七大姑八大姨的慰问，其实在我的心里是一种冲击。真是应了那句歌词：最怕空气突然安静，最怕朋友突然的关心。

他们其实都不理解我。

事实上，对于我而言，没有成绩并不可怕，可怕的是没有成绩的我，在别人的眼里像是一个很了不起的人。那种丑小鸭被讥嘲的感觉让我羞愧难当，我在家里没有待多久就出来了。

在他们的关注下，我顶着不断施加放大的压力，步入了我的高中时代，怀揣着纠结和不安。后来他们再次问起，我虽然生气，也还是要保持微笑。毕竟路是我自己选的。

我总觉得我是一个孤独的灵魂，在空旷无垠的网络世界里写着满纸荒唐言。笔名也一个又换了一个，我怕被人知道我原来是个幼稚的网络作家。现在想起来，那恐怕是我最像贼的时候了。

那些藏在 ID 后面的人，是一个又一个有趣的灵魂。

羽果果、鱼锦、月一七、欧阳雪枫、柚子和鹿鹿，她们陪伴了我走过好些个日夜，是她们让我知道，其实这个世界上有各种各样的人和我在做一样的事情，她们来自五湖四海，有的还是初中生，有的是大学生，却在那些精心设计的小说背后闪烁着斑驳的光辉。

就像喜欢同一个偶像的人，不远千里聚在了一起。我们这群人也为了共同的喜好，有着参差不齐的水平，奋不顾身地共赴一场文字的盛宴，以求碰撞出火花。

那时候，只要躺在床上，我的脑海里就不由自主地开始浮现各种可能发生的情节。有一段时间，我们家的空调只有我妈房里才有，于是我们一家四口挤到她的房间里吹空调，有时候他们睡床，我和我弟在地板上铺一张垫子睡，有时候也会换过来。我就不停地构思，身边的人全都进入了沉沉的梦中，打鼾的声音、空调运作的声音与街道老鼠过街的吱吱叫声交织在一起，电脑主机发出的蓝光一闪一闪，有窗外建筑的剪影投来，经常会吓我一跳。

现在想起那个时候仍然觉得很美好。

许多读者会在小说的首页写心得评论，还有人猜测故事的发展方向。每一个周末回家，我都会一条又一条地回复。每每看到他们或兴奋或八卦的文字，我都会觉得很欣慰，因为我的文字终于有人由衷地喜欢赞赏了，那种满足感是他人无法体会的。

但最遗憾的，也是在那个阶段。

众所周知，高三是每天累到趴下的一个阶段，那一年几乎每个月只有一天回家的时间，星期六下午放假，星期天晚上回来晚修，更无奈的是有做不完的作业和考不完的试……于是写小说这件事情，渐渐在我的高三生活中淡去。可是我满脑子都是文学圈子里的人，满脑子都是还没有完成的那些故事。

他们说，作为一个学生，原本应有的生活并不是像我这样的，一个学生就应该好好读书。那些"过来人"对我说出这样的话，其实我觉得很无解。我身为学生，到底什么是学生应该做的事情，难道现在的我不会比过去的你更加了解吗？

但我还是退出了。

断了念想，是为了毫无顾忌回来的那一天。

当我回来的时候，已经变了天。那群曾经和我一同并肩而行的同伴已经没了身影，她们中的一些人忙于工作，一些人出版了书却回归了生活，只剩下寥寥几人还在坚持，却也开始了犹豫。

"从前"，已经是一个很久远的词语了。

从前的我们，依然忠于所谓的兴趣，从前的战场是一个充满激情的地方，从前那些故事虽然没有获得什么利益，却让我奋不顾身。但那是从前了，"从前"，的确是一个充满了浪漫色彩的词语。

换了笔名签了一个小网站，这时候我已经步入了大学的校门，想来已经坚持了六年有余。我知道我并不是很了不起，那些故事就算不是很好，也会受到一些人的喜爱，它依然是我最珍贵的东西。

网络小说的创作过程，有时候真的很艰难。网络作家头脑里的灵感掠过得飞快，很快就形成了一小个片段，通常我会很快速地将它整理整理便再创作，很多时候即便写了几万字的稿子，若与原本想要表达的不一样，还是得全部舍弃。

然而，这几万字的背后藏了很多很多的心酸往事。有时候我也不知道，到底我这么做是不是正确的。那种感觉是难以描述的。你坚持一段路，你以为这是可以通向山顶的，你走了很远很远，可始终没能看到那个顶，仿佛还要走上好几年的路才能走完这天梯。

舍友问我："几十万字完结能有多少钱？"

我当时愣了好久，结结巴巴死活不想说出来，网站的福利很低，人流量也并不是很乐观，必须在小网站冲到前面去，才能争取到各种渠道。如果不是怀着热切的渴望，我想我不会这样玩火。也只有飞蛾，才懂得扑火有多美丽。

关于书名和封面，我和当时的责编吵了一架。明明站内有许多好小说有比较正常的书名，风格清新脱俗，我的责编却偏爱"玛丽苏"的封面以及霸道总裁类型的书名，她说，火的书都是因为作者听了责编的话。

我知道人生不如意事十常八九，也知道网络小说有它的特色，但当我看见自己的东西被撕扯得剩下碎片，必须将剩下的碎片黏回去，如此这般，再次形成的已不是当初原本的模样。

但我知道，我还是会一心扑在这条路上。没关系啊，我告诉自己。花开的时候就欣赏，花落的时候也不必遗憾，因为来年春天它一定还会一枝独秀。

后来我签了我喜欢的网站，这里有我喜欢的编辑，有我喜欢的小伙伴，是我喜欢的天地。天地虽小，但很多人在这儿栽种了一整片花海，很多人在这看似无奇的地方，开创了另一番伟大壮观的景象！

我还是满怀雄心壮志的，就算每天忙到要熬夜到很晚很晚，我还是心甘情愿的。没有哪一个人是不用经历牙牙学语就能口齿伶俐的，没有哪一个人不用经过蹒跚学步便能快步如飞，每一个人都是这么走过来的。一定会开花的，至于长成什么样的花，是不是你喜欢的那种花，还得由你自己定夺。

只要敢于想象，在未来的某个时刻，一定会成就不一样的自己。

■ 你想要的人生唾手可得（作者：千季）

未曾努力过，你永远不知道你距离梦想有多遥远。而未曾坚持过，你更不会知道你想要的人生其实唾手可得。

南方的冬天向来是温暖的，今年却不知道怎么下起了雪。

雪花纷纷扬扬地落下，出租车的车窗上都结了一层薄雾。乔月将落在鬓边的一缕发绾在耳后，偷偷瞥了一眼同在后座上坐着的肖绮。

新晋配音演员和新锐编剧就这样在一辆小小的出租车上聊了起来。

她俩其实很早就认识了——她们在一个小小的网络配音组里相识。那时候组里刚拿到肖绮的一部短篇广播剧授权，乔月恰好被选中给这部剧配音。兼任改编的肖绮和配女二的乔月就这样遇到了。

两个人年纪相仿，又有很多共同话题，没费多大力气就成了好友。彼时还是大一学生的肖绮不是畅销文写手，乔月也还没成为正式的配音演员，她们在网络上聊天，偶尔谈一谈生活中的趣事。

她们有各自的梦想，肖绮想写一部电视剧的剧本，乔月想成为一名正式的配音演员。她们为各自的梦想不懈努力着。

大学的课程并不算繁忙，两个人便不约而同挤出空闲时间：乔月反复研究揣摩着电视剧、电影、动漫、译制片的配音，而肖绮为了小说背景，每日在图书馆几乎一坐就是一天，手中的笔总是在不停地记着什么。

机会总是会来的。肖绮的一部小说被某家公司买下了版权，打算改编成电视剧。

肖绮所在的网站与经纪公司达成协议，编剧依然由她参与；而乔月在度日如年地等待三天以后，得到了准确答复——她通过了。

对剧本不甚了解的肖绮，通过编辑发来的资料，开始慢慢研究如何修改小说和剧本分集大纲；新配音演员乔月则在工作室前辈的带领下，慢慢接触正式的电视剧与动漫配音。

对于梦想，她们终于踏出了最成功的一步。

后来，两个人的生活都渐渐忙碌了起来。毕业季到来，手上的工作又无法推脱，一个人简直要掰成几瓣用。但她们还是会抽出时间来给好友发条信息，乔月有时会看肖绮最近的更新，提一点无伤大雅的小建议，肖绮在赶稿之余，也会抽出时间来听乔月最近的配音作品，想象着对方在配音时的小表情。

肖绮参与了那部小说的改编，成功逃离了"魔改"的头衔，还没开播就收获了"演员粉"和"原著粉"的一致好评。

电视剧取景地在横店，周围杂音太大，演员档期又挪不开，取舍之下还是选择了配音。业内配音的工作室数来数去也就那几个，涉及电视剧的更少，肖绮毫不意外地在录音棚里看到了乔月。

乔月试音的角色是女二，男主角女主角还是观众们熟悉的那两位配音演员。

肖绮坐在录音棚外，隔着玻璃望着坐在录音棚里的乔月。

她戴着耳机，紧盯着光影流转的屏幕，手中还握着台词本。与寻常不甚相同的声音通过麦传达到配音导演耳中，好像回到了第一次遇到的时候，只是那时候的广播剧编剧变成了电视剧编剧，CV 变成了配音演员。

生活正式步入正轨，肖绮忙着写小说改剧本，整天面对着蓝白的 word 界面，在空旷的房间里，只有指尖敲打着键盘的声音；乔月则是在棚里一坐一整天，手中握着白底黑字的台词本，对着各种各样的角色念出触动心弦的语句。

她们还是忙碌着，一如当初。

接到消息的时候，肖绮极其激动，可回过神才想起自己没有改编剧本的经验。版权方自然也知道，这样一个初出茅庐的小说写手能有什么经验？毕竟是原作者，版权方给了她一些时间。从确定拍摄、定下演员到正式开拍还有很长时间，如果真的不行，也来得及再找专业编剧。

肖绮把小说大纲又从头到尾梳理了一遍，去掉了一些边缘剧情，敲定了剧本的大概内容。又借助一些剧本模板确定了大概的分集剧情，再慢慢磨台词。

对于一个并非专业的编剧，弄完这些已经去了肖绮的半条命，版权方给的时间不多了，她只能加班加点，时不时还要推翻重来。新连载的小说每天都要更新，她的思维每天都在两个作品间穿梭，最疲惫的时候坐在桌边就睡着了。

另一边，终于通过考核的乔月也并没有多轻松。新人分配到的角色只有各种各样的龙套，多数时候等在棚外，剧中需要大批龙套的时候，几个人一起进去配完再音出来。

好在剧中最不缺的就是龙套，配着女三女四的同时客串各种龙套。毕竟配音演员那么多，掰着指头也数不出来几个观众耳熟能详的。

给动漫配音相对来说轻松一点，至少耳机里传来的并非是片场嘈杂的人声，或者某些演员的"1234567"，面对的也不是和台词本截然相反的口型。

配音毕竟是个工作，朝五晚十二的生活过得极其紧凑，每天扮演的都是不同的人，每天从嘴里发出的声音都不是自己的。世间的任何工作，说白了其实都是交易，用劳动换取价值。演员贩卖的是自己的外形，而配音演员贩卖自己的声音。

每天高强度的用嗓多多少少会对嗓子造成损伤，不过身边都是配音演员，乔月耳濡目染也知道了很多保护嗓子的方法。

存在即正义，只要熬过眼前，总会有美好的未来。

肖绮和乔月都这样想着，都这样继续忙碌着。

"最近还好吗？新剧不是快开拍了？"乔月问道。

肖绮一副萎靡不振的模样："可不是吗……新剧导演是那位，我们整个编剧组死过几回了。"

业内皆知这位导演高标准严要求，整部剧从头到尾都要亲自过问，有一点点差错都要打回重来，更别说是对掌握着全剧命脉的剧本了。

乔月难得见她这幅样子，只能安慰几句："我们这边也差不多，演员定下之后就在选配音，可选来选去不也只有那几个……对了，台本发给你了吗？"

肖绮和乔月虽然同在 S 市，可一个整天坐在录音棚里，一个整天泡在家里写作，还没有学生时代空闲。这次是因为已经开播的一部热点电视剧才能再次凑在一起——有个访谈类节目找上了幕后人员，编剧肖绮和配音演员乔月赫然都在邀请名单上。

幕后人员相比每时每刻都要暴露在观众眼中的演员，所用的不过是噱头和最近兴起的"关注幕后"的话题度。所能询问的也不过是一些幕后的趣事和工作上的心酸之类的。

"大家都知道，这部剧的原作者以及改编后的编剧都是这位，"主持人笑盈盈地介绍道："那肖绮小姐，我们都很想知道，您为何在短短几年里，能够改编这么多本小说呢？"

"主要还是时机好，"肖绮笑着说，"现在网络小说已经成为一种流行风尚，与之相关的行业自然而然被推动发展。大 IP 改编是必然的，而我只是赶上了这个必然。"

"虽然您这样说，但我在这里必须提醒大家一句，现在网络上有千万部网络文学作品，它们由六百多万位作者创作，却只有几十部作品被改编，作者本人的实力也是不可忽略的。"

"运气也是实力的一部分。"肖绮只是这样说。

又聊了些无关痛痒的话题，主持人将编剧请下，邀请配音演员上台。舞台背后的屏幕上播放一些电视剧的片段，观众们熟悉的声音却从舞台后方传出。

一阵惊叹过后，几名配音演员从台后走出。相继做过介绍，又谈了些配音中的小意外和不小心闹出的笑话，主持人忽然提出了一个尖锐的问题："在已经播出的剧集里，有观众发现第五集路妤有过短暂的口型和声音对不上的情况，请问这是怎么回事呢？"

路妤正是乔月所配的角色，她在前期算比较重要的角色，这件事在微博上还挑起了角色原声和后期配音的一场大战，节目组明显是想借此话题再次炒作一番。

乔月接过话筒，笑了笑："其实算是一场意外。制作后期剧情需要修改，但那个时候原先进行拍摄的布景已经拆掉了，演员也因为没有档期无法脱身，为了几个镜头再布景、拍摄的话太得不偿失，导演组权衡利弊，还是选择了修改配音台词。这样修改下来，也就成了观众们看到的剧情了。"

这样的说辞是后来商讨出来的。发行方需要顾忌导演和演员本身的影响，只能往资金和耗时方面推，尽量哪边都不得罪。

主持人面上有些不悦，这样的答案显然不是她想知道的，她又匆匆说了几句场面话，将此事揭过了。

节目之后，两个人的生活都重新归于平静，肖绮书写着与自己截然不同的世界，乔月用自己的声音演绎着别人的人生。外界的喧嚣似乎与她们毫无关联，她们还是过着自己的生活。

对两个"宅女"来说，逛街是个体力活，她们便约着在喜欢的店里吃东西，偶尔购物也是在网上，截图发给对方帮自己挑一挑。许多年前，她们是这样构想自己的生活的，许多年后，她们真的过上了这样的生活。

不渴望被知道，只希望能成功，完成自己的愿望或梦想就是最好的。她们这么说：平庸难道不好吗？

有的人想要光辉灿烂的人生，却不去把握身边的机遇；有的人想要前途无量的未来，却不去脚踏实地地努力。这样如何能成功呢？

　　比你努力的人却想要过比你更平庸的生活，这样的人如何能不成功呢？这样的人，连命运女神也会眷顾的啊。

　　有些人总是一帆风顺的，因为他们在你看不到的地方付出了努力，向着自己的目标努力前行，未来路上的阻碍已经悄无声息地消失；而不努力的人，站在障碍面前只能自我认输或者无法跨越。

　　努力过后才会发现，你想要的人生其实唾手可得。

第三章　○

世上不存在更好走的路　●

　　跌倒后爬起，失败后重来，最怕的不是屡战屡
败，而是丧失勇气。愿梦想是你心中不变的信仰，
即使布满荆棘，你也勇往直前。终有一天，泥泞过
后，阳光到来。不弃梦想，终有征程。

■ 生活是自己的，把明白活在心里 (作者：洙子)

　　年少时，总是会在睡前幻想以后自己会变成怎样的人，
那时的我们在时光的面前仍旧是一群稚子，羡慕过来人放

得下、看得开，殊不知我们终将成为自己想要成为的人。

　　她叫南鸢，出生在 1997 年 12 月的一个午夜。那是花草尽枯的季节，遍地灰白色。全家人都在为这一声中气十足的啼哭而感到欣喜。

　　凌晨钟声响起，寒风从门缝钻进来，打碎了昏黄的灯光。产婆抱着南鸢，笑眯眯地将她放进盛满温水的铁盆里。母亲的目光追随着南鸢，然后累倒在了床上。

　　南鸢虽然没能出生在医院里，但是在医院长大的。瘦弱的她三天两头患病，经常往医院里跑，直到医院里的医生都熟识了她。她就这么喜欢上了医院里消毒水的气味，摸一摸墙壁，就感觉彻骨的冷。母亲不让她乱碰医院里的东西，因为母亲认为那些东西上面爬满了细菌，很脏。但南鸢总会在母亲不注意的时候到处摸一摸，凉凉的，惊起一身鸡皮疙瘩。

　　南鸢身体虽然不好，但在磕磕碰碰中长大了。

　　她理想的大学是在上海的。那时的南鸢和其他所有看过《小时代》的书迷一样，向往大城市的繁华与快节奏。想象着穿上职业套装与高跟鞋的自己穿梭在各种钢筋水泥的高楼大厦之间，高傲又冷艳。当她为了梦想在高中拼死拼活时，还要经受各路学霸的无情打压，各科考试的无情折磨，各类感情的绝情拆穿。她会偶尔停下来问一问自己究竟是为了什么而活着。

闹钟铃响，她赖床五分钟，然后强行把眼睛睁开，爬起来洗漱。看了一眼下铺还在熟睡的好友，南鸢悄悄离开了宿舍，跑步、去教室、向早就在教学楼拖地的保洁阿姨说："阿姨早。"

"这么早呀。"这是保洁阿姨每天对南鸢必说的话。

"不早了。"南鸢笑答。

其实有点早，才五点半，冬天外面还是黑色的。南鸢还是会这么回答，她从内到外散发出开心的气息。

勤奋、逼迫自己做不愿做的事，这是高中时期的南鸢认为的通向成功的捷径。

南鸢小学时出类拔萃，却不是数一数二的，经常屈居第三。家教不严，但父亲对她的成绩要求还是很高，她从此便认定不论做任何事都要争第一，第三就是落于人后，是最差的。

她凭着自己的努力考上全市还算优秀的初中，从此过上了留宿生的生活。那是军事化管理的学校，她每天三点一线，只能靠看书和唱歌打发百无聊赖的生活。

人外有人、天外有天，从各个角落聚集到这个学校的人都是那么优秀，这让小学时期经常屈居第三的南鸢心里有了很大的落差，她意识到"第三"其实也是非常不错的成绩。每个月只能回家一次的她，思念四十多公里外的亲人，那时她只有十二岁，觉得与亲人相隔四十多公里，已然是天各一方，她只能将自己的思念放进日记本里，夜幕降临时站在楼上，望着回家的那趟公交车。

她也想过放弃，打电话给父亲接她回去上镇上的初中。父亲在电话中勃然大怒："当初我们陪你去考试又面试，就是为了你能到这所优秀的学校，难道你真的想窝在这个小镇子里一辈子吗？一辈子就认识这么几个人，就做这么几件事？"

她还小，但是她突然明白了父母的苦心。然后她坚持了下来，为了让自己变得优秀。

南鸢凭着每天凌晨五点起床、晚上一点睡觉的毅力，以及并不优秀却有点聪明的头脑，考上了全市排名第三的高中。母亲说她是幸运的，总是在紧要关头急转弯。南鸢心中纠结，却还是接受了这样的结论，毕竟这样的幸运一直延续到了高考。

高中，大概是南鸢前半生最艰难的时期了吧。初入高中的时候，她立誓要好好学习，却没想到因为暗恋影响到了最重要的高考。南鸢无心学习，只得看着自己倒数的分数条，身体健康每况愈下，甚至开始抑郁。

患上抑郁症的她，不停地幻听、产生幻觉，每夜缩在自己小床上做噩梦，有时甚至哭着从梦中醒来，枕头蒸腾出的都是汗水的味道，最后，她只能搬下去和下铺一起睡。她开始恐惧世界上的一切，开始逃避生活，她瘦成了一把骨头，而家人朋友只能为她默默担忧。

有一夜她从噩梦中惊醒，开始闭着眼痛哭。她不知为何、为谁而哭，只知道是一种悲痛令她倍感心酸。

好友翻了个身来抱住她，睡眼惺忪地说："南鸢，别害怕，我在这儿。"

她从悲伤的梦中清醒过来，应声道："我好难过。"

好友每夜的守候，令她感觉自己像一条获救的鱼，从现实的逼迫中回过神来。她终于开始羡慕那些成绩优异、不被外界影响的人，心想："要是我能像他们一样该多好。"

南鸢想起某夜她离家出走，那是她很难忘却的过往，也是她人生重要的转折点。

离家出走的前几日，她因为一件小事而心生执念，始终放不下。她偷偷地躲在学校黑漆漆的公共卫生间里哭，迷糊间她听到好友卫梵在卫生间外呼唤她，但她不想回应。她不知道卫梵很怕黑，却一个人穿过整个漆黑的足球场跑到卫生间找她，也不知此时此刻有很多人正在焦急寻找她。南鸢还清楚地记得大家找到她之后的场景。那时南鸢坐在地上，眼睛红肿，小明冲到她身边抱她，而卫梵则看了她一眼之后，转身走了。

"为什么卫梵不理我？"后来南鸢问小明。

"她一直把你当成很好的朋友，但是那一天晚上，你使她吓坏了。她看到你不见了之后很着急，自己一个人哭了，她那么怕黑，还跑到卫生间找你。她说……她不想和你做朋友了。"

南鸢想了很久。是啊，卫梵一直把她当成很好的朋友，什么事情都先考虑她，但是她只把卫梵当成匆匆过客。卫梵是那么乐观开朗的人，但是因为南鸢悲观厌世，卫梵也心情不好。南鸢为自己对卫梵所做的一切感到愧疚，越加不振，只能带病离校回家休养。

回到家的南鸢每夜都会梦到卫梵，梦中她乞求卫梵谅解，无论梦中结果如何，醒来卫梵都不再是她的好友。直到南鸢再也承受不住，她选择了离家出走。坐上公交车去到城市另一头的火车站，她用身上仅剩的一百多块钱，买了一张去往另一个城市的车票。

那是深夜，当她靠着剔透的玻璃窗，坐在冰凉的地板上，听到电话那头亲人着急的声音时，她的眼泪流了下来。她孤零零地等待着去往异地他乡的列车，心中只想着逃离这里的所有人重新开始，却不知道所有的亲人都在为她担忧。父母不停打电话寻找她，叔叔婶婶连夜赶去火车站找她，姑姑也打电话极力开导她。当叔叔找到她的时候，他用力地拍了拍她的肩膀说："你最亲近的人是你的家人、是我们，无论你以前做错了什么，我们都能原谅你，但是外人做不到原谅你任何过错。"

她点头，眼泪流了出来。

母亲曾对南鸢说："我们生你养你，不是为了你对我们有多大的回报，也不是要你考多好的成绩，我们只希望你能和别人一样开心、健康。"也许家人不能时刻在我们的身边，但是他们一定会在我们有困难的时候出现，他们会在我们疲倦的时候牵引我们靠岸。

幸运的是，南鸢在大家的帮助下，慢慢恢复了自信，摆正了自己的心态，通过最后的努力，考上她心目中的大学。上了大学之后，南鸢将曾经的低落和痛苦放在心底当作是经验和激励。抛却曾经发生的一切，她开朗地接纳每一个同学，用心生活，努力地为自己每个阶段的小目标而努力。她慢慢懂得回报亲人和朋友，为他们做着力所能及的事。一步步成功，南鸢重拾了信心，她不再为外界所影响，在这个纷乱复杂的世界做回了自己。

南鸢从小就很要强，以为自己就是世界的中心，但是这么多年来她发现自己错了，一个人只有通过不停努力与付出才能收获自己想要得到的一切。

也许我们的心中都有一个叫"南鸢"的人，他任性妄为、自以为是。但他迟早会长大，逐渐理解人生的意义，逐渐对世间百态有独到的见解。他会忘却前半生的愚昧无知，忘却那些在无意间种下的爱与恨、痛与乐，忘却他曾经视如珍宝的旧相识，他会让一切都变得更好。

后来南鸢成为了她想要成为的人——不再是年少时想象中的那种完美的人，而是每日能开心地生活、见微知著、为一点小小成就满足的人。生活教会了她放下，放下所谓的荣辱、权贵和遥不可及的追求。

好友经常来询问南鸢一些关于学习生活的问题，他们受到别人言行的影响。南鸢会告诉他们，只要知足地过好每一日，尊重彼此的不同，就会发现自己和想要的样子靠得很近。

我们终会成为我们想要成为的样子，不要在意他人的眼光与评论，我们要凭自身坚定的努力去实现梦想。

■ 有信仰的人灵魂不会跌跌撞撞（作者：吴牧宸）

许多梦想在实现之前曾被嘲笑，于是有的人放弃了，而有的人一次次爬起来，即使撞了南墙也不回头，最终戴上梦想的光环。

刚上幼儿园的小外甥，看了《超级飞侠》，扬言长大后要当飞行员；过了一阵儿，看了《铠甲勇士》，又说要做铠甲勇士保卫人类。这让我想起小的时候，老师总喜欢问我们长大了想做什么，面对同学们五花八门的"梦想"，我随口胡诌了一个。

直到我十四岁那年，在堂姐的被窝里发现了一本名叫《寻找可爱淘》的言情小说，我的梦想才正式被记录在案。

那个时候，很长一段时间，我的作文题目都是《我想成为一名作家》。

可到十七岁，这还只是一句梦话。

因为生在偏僻的农村，家境很普通，电脑对我来说是遥不可及的东西。我第一次进网吧，还是在中考之后，攒了很久的零花钱，连一周的"早场"都不够。

偶尔接触到言情小说，还是在班里家境富裕的同学桌洞里瞥见的。

十来岁的时候，我很傻很天真，听到同学唾沫横飞地讲书中的故事，很容易就会沉迷，继而偷偷留出早餐的五毛钱给书的主人，只为一睹书中风采。每每被小说人物吸引，幻想自己要是能写出这种故事就好了。

可惜真应了那句话：理想是丰满的，现实是骨感的。当我握起笔，我才发现，纵使我脑中天马行空，也无法用语言准确地表达出来，写出来的东西要么毫无逻辑可言，要么根本不能称之为一个故事。

玩得好的同学毫不客气地劝我放弃，她们说："你头脑简单，四肢发达，只适合做体育生，以后成为一名体育老师，也算是报答你父母以及学校对你的栽培了。"

这让我难过了很久，但不足以浇灭我的热情。

我一如既往地写，只是备受打击的我，不再将我的故事拿给同学们看。这就导致我埋头苦写，我根本不知道自己有无进步，更多可能是在原地踏步，甚至在错误的道路上越走越远，等我想再回头的时候，已经是高三了。

繁重的课业让我无法一心二用。第一次月考，我从班级前十退到了第二十几名。母亲忍无可忍，把我的书桌、抽屉翻了个底儿朝天，终于在一摞用完的本子背面发现了那些文字。

气急攻心的母亲大人，用最恶毒的话侮辱我的文字，并扬言要找我的语文老师"谈话"！

当然，静下心来的母亲，最后没去找语文老师，语文老师可没教我写小说，于是她找到了班主任那儿。因为我家是卖石榴的，班主任送礼买过几次，和母亲也熟悉，教育我"改邪归正"的担子，就落到了班主任头上。

班主任一向是个强势的人，我的稿子落到她的手里，肯定没好果子吃。果不其然，她把我的稿子扔到了垃圾箱里！我发了疯一般翻遍了学校所有的垃圾箱，不顾浑身恶臭，哭倒在操场上的垃圾车旁。

这件事甚至惊动了校长，班主任终于迫于无奈，承认她并没有扔掉我的稿子，她不顾校长的权威，和我约法三章。如果我高三好好学习，考一所好大学，她就把手稿还给我！

我能怎么办呢？为自己的前途着想，我只能妥协。

我与我的梦想暂别了一段落，直到高考结束。

我永远记得自己战战兢兢地走进办公室时的情景，庆幸当时只有班主任一人。她平时很严肃，但那天出奇和善。

她像闲话家常那样和我聊天，问我是怎样喜欢上写作的。我想很多爱写字的人和我一样，起初喜欢看小说，然后被吸引，要么是觉得这样的故事自己也能写；要么像明晓溪那样，写作的初衷是因为不满意某个情节的设计，想着要是自己来写，会怎样设计剧情。

我喜欢写作是因为《寻找可爱淘》这本书，而真正自己动笔写，则是由于当年风靡的《狼的诱惑》，书中男二郑英奇的死亡太令人气愤。

我要给郑英奇一个圆满的结局。班主任也给了我一个美满的答复，她把手稿还给了我。但是翻开手稿的时候，上面用不同颜色的笔标注了许多批语，等我翻到最后，发现了语文老师的笔迹，他写了很长一段话，大意是建议我看书的时候，多留意作者的写作技巧，甚至列举了哪些书能帮助我提升文笔，哪些书故事讲得好。

当时我并不懂老师的意思，直到大一，小姨送了我一台她淘汰的笔记本电脑，我终于能把手写稿打到电子邮件里发出去。

一月后，于紧张、忐忑、兴奋中我等到了……退稿函。

这是意料之中的事。因为早前我鼓起勇气把手写稿拿给社团里经常在杂志上发表文章的同学看过，得到的评论和退稿函中编辑的评论相差无几。

故事不好看，文笔稍显稚嫩。

至此，我终于明白语文老师的意思。

我的才情不足以支撑我的梦想，直白点说就是我的写作水平以及讲故事的水平，配不上我的作家梦。

我躲在无人的角落，一次次地问自己：难道我的努力还不够吗？难道我真的不适合写作？

我第一次打了退堂鼓，第一次觉得手中的笔是那么沉重。

小姨说："等你毕业了，过去我那边，做个会计，我慢慢带你，以后往财务总监的方向发展，过着令人艳羡的生活多好！"

可是如果一天不写东西，我竟不知道自己还能干些什么。看专业书的时候，看电影的时候，甚至周末去市里买漂亮衣服的时候，我满脑子里都是这个情景可以怎么安排，那个售货员她会有怎样的故事。

其间，我也喝了很多"鸡汤"，有毒的、无毒的。直到有一次，我在知乎上看到有个叫苏林深的作者，分享她的写作之路。

她说她从 16 岁开始喜欢写文章，直到 22 岁，她的邮箱里躺着 331 封退稿信，她依然没跳楼，并对写作满怀期望。

她说她收到的最多的退稿信内容是"对不起，您的稿件不符合标准，请另投"，毫无温度的拒绝。她只能一次次地独自摸索，研究杂志、微信公众号的风格、写作的技巧，分析别人过稿的文章，找自己的不足之处。

还好，她坚持了下来，那个时候，她已经月入两万了，却在收到"每天读点故事"的签约邀请后，用了半年去观察、了解这款写故事的 APP，最终成为了一个有别于传统小说作者，个人风格明显的签约作者。

那一刻，我惊呆了，收到三百多封退稿信是什么概念？就算去手动翻邮箱，也会手指发酸。再转过头来看自己，区区十几封退稿函就浇灭了我的热情，我一定是许了个伪梦想。

立志总是容易的，上嘴皮碰下嘴皮就能发出许多宏言壮志，但为之努力过的人才知道，那是怎样一个一言难尽的过程。于是我决定，不能放下手中的笔，因为我所认为的努力，与真正实现梦想的人比起来，简直微不足道。

那段时间，我常往学校门口的报亭跑，把自己想要发表文章的杂志买回来后，先是从头到尾看一遍，接着从头开始分析每一篇里的亮点。

可是自己分析是不够的，我并不知道我所认为的亮点、好看的梗是否是与时俱进的。

于是我逼着舍友每人看几篇，并且要给出意见，看看我和她们所认为的好看的点是否统一。

就这样看了十几本，摧残了舍友几个月之久，我终于鼓起勇气把自己脑海里的故事写下来。

大家都说："你已经这么努力了，一定会过稿的！"

连我自己也觉得，这篇文写得很好，是有希望的。

可是过了一个月，我的邮箱里除了广告邮件，根本没有编辑的过稿通知，但我不甘心精心孕育的"孩子"石沉大海，我忍不住联系编辑。

得到的回复却是，文笔很赞，但是故事不出彩。

我愣愣地坐在电脑前，宿舍里一度很安静，谁也不敢安慰我，毕竟大家都觉得我不过稿天理难容。

还是我自己打破了室内的寂静，用着调笑的口吻对舍友们说："谁看自家孩子都是最好的，是骡子是马，拉出去溜溜才知道好坏，总算有进步不是吗？"

笔耕不辍，让我的文笔提升了不少，可是这个时候，我快要毕业了。

那天晚上，我在操场上跑到大汗淋漓、筋疲力尽才罢休。身为一个主观意识强烈的人，我努力摆正态度，努力用客观的态度分析自己。我认为努力的方向是对的，接下来的当务之急就是故事的精彩度了。

我绞尽脑汁，终于想了个好办法。

每当有了灵感，我都在脑子里把故事整个儿梳理一遍，然后去折磨舍友。这次不是看故事、分析亮点，而是强迫舍友听我讲故事。

有时候，我讲到一半，舍友会打断，问："男主角为什么要那么做？女主说那句话是什么意思？"

甚至有时候舍友会说："这个男主不好玩，还不如换男三上场呢。"

我这才意识到，一个好故事并不能像文笔那样，时间久了就能够变好的。

等到工作了，我进了一家会计事务所，写小说的时间就更少了。

会计的工作枯燥而乏味，却需要一等一的耐心和认真，我从前用来天马行空想桥段的脑子，终日被各种数字占据，时常加班，出差也是常态。

我所能坚持的，只有随身带个小本子，一有灵感，立马记下来，等到休假的时候，推掉同学、同事间的聚会，一个人窝在宿舍里，把那些零散的桥段拼凑成完整的故事。我给自己定下目标，每个月最少写两篇。

后来，23 岁，我的稿子第一次过初审，我高兴得一夜没睡。

25 岁，我在对初审麻木之后，我的稿子迎来了第一次二审。

这个时候，我不会再因为这种事彻夜难眠了。

之后无论是换工作还是结婚生女，即使别人说"你工作挺好，也是一个当妈的人了，没必要再写那些乱七八糟的东西了"，我依然保持着看书、写稿的习惯。

27 岁那年的年末，我写的一篇几百字的话题文被征用了，家里人知道后，挖苦我：就一篇小文章，稿费才一百块钱而已，还没你一天的工资高呢。

可我还是高兴得哭了。

从 14 岁到 27 岁，我的邮箱里一共有 385 封小说退稿邮件，纵使只是一篇小文章，也让我看到了梦想实现的曙光。

因为写作这条路是孤独的，那篇小文印成铅字见证了我从一个人横冲直撞到废寝忘食，终于点亮了那条让我奋不顾身的夜路。

就像我小的时候，想喝那种大玻璃罐里的汽水，可是因为太贵了，外婆不给我买，任凭我哭闹撒泼。后来实在是烦了，她才妥协地说：想喝汽水，就用做家务来换。

也像学英语，一个英语单词写一遍，你记不住，就去写一百遍、一千遍，总比那些只写几遍的人记得牢。

后来我懂了，天上从不会掉馅饼，你想要的，必须自己去争取。小到一个玩具、一个英语单词，大到梦想。

所以，你的梦想破产了，先不要急着去放弃，或许只是你的方式不对，是你还不够努力，生活不会难为坚持梦想还为之努力的人，相信自己，坚持不懈，梦想不会仅仅只活在你的脑海里。

■ 不努力，所有的话都成了空话（作者：晋音）

若不努力，你定下来的目标就只会是一句空话。无论是在艰苦还是在悠闲的日子里，只有努力，才不负最好的时光。

别人家的青梅竹马两小无猜，而我和我的竹马——表哥是云泥之别，一个在天上，一个在地下。套用一句话来说，就是"萤火之光，怎能同日月争辉"。这样子的人在我看来，就跟开了挂似的，前途似锦。小小的妒忌心下，我鲜少同他来往，只保持熟人的关系。

可是妈妈向来宠爱这个表哥，家里做了点好吃的都要给他悄悄送上一份。这不，又叫我给他带去雪媚娘。我接过手上有些重的饭盒，趁机看了一眼厨房，恐怕家里的存量还不如这盒里的多。

轻车熟路地找到他学校里的图书馆，看见光线明亮的那个位置上有一位少年正抄写着什么，戴着眼睛斯斯文文的样子，引得周围女生忍不住看向他。我压下嘴角的笑意，小心将盒子放在他手边，转身准备走人。

"走这么快干什么？都快毕业的人了，还不为自己的将来做打算？"可能表哥觉得离我比较远，他说这句话时，并没有压低嗓音。旁边一圈人抬头看了看我，虽然没有说什么，但是眼神中透露的信息真叫人不舒服。

我被看得有点生气，闭了闭眼劝自己心平气和，整整做了一分钟的心理建设，才在表哥的对面坐下。

"你知道大学毕业以后工作多难找吗？不要以为所有人都跟你一样是学霸——就算保不了研也可以考上。"

他张了张嘴又摇了摇头，似乎没想到我的火气竟然这么大。我双手抱胸，往后一靠，想看看他到底想说什么。和煦的阳光晒得身上暖洋洋，我的心头火竟然下去了点。

他没有说话，只是将笔记本推了过来，我低头，第一眼见到的就是他做了标识的地方。

"没有人天生强大，能依靠的除了努力，就只有努力。"

我动了动嘴角，露出一股讥讽的味道："我的大少爷，有些人真的是祖师爷赏饭吃，天生适合这一行。我也没遗传到家族优秀的基因跟你一样大一就能找到一份好的实习工作。"

"姨妈不是说你专业还可以吗？传媒这一块缺人缺得紧。"他低头思索一番之后给了我这样的回答，我默不作声了。

哪个行业不是紧着人才优先录取？我知道自己不是一个人才，更不是个天才。

运营学院微信公众号的时候，我挖空心思去学排版学设计，希望这个平台在自己的手上能展露出一番新景象。结果呢？给他人做了嫁衣，只是浅浅教一位学弟如何利用公众号链接获得最大限度的粉丝活跃度。没过多久，他就举一反三将这件事情玩出新花样，线下线上同步推广，还利用学院官方的活动给微信公众号带来新的热度和亮点。

我摇了摇头，打心底里佩服这个学弟，不得不承认在天赋面前，努力算不了什么。天赋再加上努力，那叫锦上添花。

"那在你印象里，我就天生适合读书？"他笔下仍旧写着东西，看上去像是一份计划书，"难道就没有其他想法了？"

这是第一次他跟我找话题聊，我有些受宠若惊。没多想就点了点头，对表哥的人生计划突然多了些想要了解的冲动。他看我明显的小动作，放下笔直接把本子推了过来。

那的确是一份计划书，可是另外半边是琴谱。我这才知道，当时在朋友圈看到那架掀开罩单的钢琴，并不是表哥临时起意。

"我想了很久要不要把废弃了五六年的钢琴捡起来，"他的手指摩挲着琴谱的一角，很快起了一层纸屑，"特别是十级这个挑战，当初为学习成绩让步的我没有完成，现在我总算能挑战。一次不行，还有第二次。目标，不是达到了才能体现它存在的意义。"

你在前进，方向就是你的目标，即使速度缓慢，看到没有达到的目标咬咬牙总能坚持下去。如果半途而废，每次回头怀念或是向前展望时，你不得不承认，会有一丝懊悔从心底淌过。

我听表哥极为怀念的语气，思绪仿若被他拉回了他高一我初一的时候，当时他一手钢琴弹得极好，连曾经带过他的班主任在我们班上也要拿出来显摆一下。可惜，高中的竞争比初中要激烈得多、残酷得多。一个不小心，他从年级前十跌到了年级前五十，鉴于舅舅对他的殷切盼望，老师曾建议过他走艺术这条路。

表哥是家里唯一一个男孩子，舅舅哪里愿意他走一条相对狭窄的路？他逼着表哥放弃自己最爱的钢琴，一心一意学习。表哥不肯，跟他爸大吵了一架。我还记得放学回家以后不小心听到妈妈的叹息声，高中部的学姐也过来向我打听表哥的消息，为什么他忽然请了一个星期的假？等他回来学校，家里的钢琴已经作为二手货卖出去了。

"我记得小时候我就问过你长大了想干什么，你大声地告诉我要当我这样的天才。"他的手自然地放在我的头上揉了揉，似苦口婆心地说，"可是世界上没有什么天才，有的只是背后下更多苦功的普通人。钢琴十级，对我来说不仅是一种挑战，更是一个从小就想达到的目标。为了它，我花费全身精力去学习，只是不想爸妈因为学习而阻碍我、打扰我。"

这么一说，我又想起了那位学弟。我自诩在新媒体运营上下了苦功夫，可花费多少时间、功夫多深只有我自己明白，而那位学弟是所有人都看得到的努力，比如时时刻刻不离微信公众号和记录本。我有幸在聊天的时候见过他的笔记本，上面密密麻麻记着各种排版技巧以及配色方案，甚至许多平台是如何发展以及兴旺衰败的都记了下来，"软文写作"课的老师都被他磨得没脾气了，答应提前教他。

大规模的工程和高强度的作业叠加，让他的黑眼圈整整一个学期都没有下去过。他曾经自我调侃道，他如果不是在做微信公众号，就是在去做微信公众号的路上。

他一路上经历过哪些，获得了什么，都被他记录下来。他似乎随时准备回顾一下，免得犯错。

被称为天才的人没有不劳而获的，否则"伤仲永"的事情怎么会屡屡发生？或许你在哪个方面比其他人更了解，但不下点功夫去研究透彻，我们对它的了解就只能浮于表面。

可是努力不是挂在嘴边说说就行，我们看书看到两三点，最后考试成绩却不尽如人意，熬夜赶完策划书第二天被老师打回来重写。回想一下，我们真正花在这上面的时间有多少呢？

QQ空间里流行一句话："当我写起作业时，连头发分叉都变得好玩。"玩头发都能玩得乐不思蜀的话，可见我们对那件事情有多不愿意去做了。但仔细想想，读书只是生活里的一件事情，甚至可以说是最简单的一件事情，就这样，许多人还坚持不下来，总感觉枯燥乏味，殊不知最好过也最需要努力的时候，就是我们读书的时候了。

我不想和表哥多说，毕竟他说的话一句一句似裹着春风的刀子，看上去暖融融，实则暗藏锋刃。表哥看了看表，收拾好东西准备回家练琴。我又不爱看书，自然跟着一块走。在路上，他又跟我说了许多话，平时真看不出他竟然有话痨的潜质。

让我印象最深的，应该是我们即将分道扬镳，他回头跟我说的话："想做的事情，考虑太多反而失先机。目标，只是一个终点站，一块指示牌。路要怎么走，最后靠的是自己。不管弯路崎岖，不管前路迷茫，你努力走下去才能看得明白。"

的确，我做事情总喜欢准备好才开始动手完成，仿佛这样才能给我最大的安全感。但是我们做选择的时候，并没有那么多时间让我们去准备，要么匆忙应战，要么错失良机。让人感觉食之无味弃之可惜，好好的机会变成了鸡肋。可我们有没有想过，是不是平时努力不够，积累不足，才会变成这样？

前两天，我参加高中同学聚会。这是我们第二次聚会，小波第一次来参加，因为第一次时他选择了复读。他好像变了，他原来留的流行的乖乖头剃成了寸头，整个人都沉稳了下来。男生那边都坐满了，他只好过来和我们凑一堆。

我捶一把他的肩膀，由衷地说："兄弟，进步挺大的。那去年十一的时候，我找你出来松松气，你怎么不回我呢？"从 200 多分到 523 分，我不知道他其中付出过多少努力，但他给我打电话报信的时候，我的确吃了一惊。他脸上的笑容张扬肆意，正如当初那个少年。

"那是你不知道，十一当天我们班上满满当当都是人，都在做试卷……"话没说完，我读懂了他递给我的眼神。都是曾被梦想抛弃的人，都是重新上路寻找新方向人，他们用超于常人的自制力，再一次向高考发起挑战，至少我对他们敬佩不已，因为我不敢。当初，爸妈问过我要不要复读，被我果断地拒绝了。

想起之前劝他不要复读的我，倒有些汗颜。一场仗打完，或输或赢，或胜或负，总会有个结果出来。也许这个结果正中你的目标靶心，也许偏离轨道脱靶而出，那又怎么样呢？

当我们走完这一阶段的路程，再回头看看，后头的路笔直，一路上密密麻麻的脚印深深压进了路上的柏油中，有风也吹不走。

蜿蜒曲折，分岔路口的脚印尤其深，我们犹疑过、害怕过，但还是选择走过来。有时迈出小小的一步，站不稳还会摔倒；有时坚定地迈出大大的一步，留下的印记日久弥新。

就算是最后脱离靶心又如何？心怀一个想法，拍走身上的灰，整理好前进路上的行李，整装待发。

就算尝试多次还未成功又如何？每一次失败都是雕刻的记忆，努力奠定基础之后，我们终会看到所希冀的美好。

所以，请你答应我。无论什么时候，艰苦或悠闲的日子里，请努力，请加油，请不负年少最美好的时光。

■ 你的人生不应由父母选择（作者：若水）

你想要什么样的生活，想要做一个什么样的人，想要实现一个什么样的梦想，都应遵从自己的内心，坚定自己的想法，千万不能任人摆布。不负初心，方得始终。

我再次见到安心的时候，其实是有些错愕的。彼时的她，站在书店偏僻的拐角处低着头，刘海遮住了眼，她正将一本书塞进自己背包。这样的重逢对于我们而言，像是命运开了一个极大的玩笑。玩笑开始的一刻，让人措手不及，失去了回避的勇气。

我不知道在这一刻我应该视而不见擦肩而过，还是应该走过去迎着尴尬的气氛对她说声"好久不见"。犹豫片刻，大约是我的目光一直在她身上，她终于注意到前面有人，抬了抬头。

我清晰地看到她瞳孔猛地一缩，她下意识地想要逃离，却不小心撞到了身后的书架。"轰"的一声，一排接着一排书架倒在地上，她惊慌失措。在这尴尬到极点的时候，我只能上前对她笑笑，一面说着"好久不见"，一面帮她收拾残局。

她沉默不语，最终只有干巴巴的一个"嗯"字，连"好久不见"这样简单的话语，她都没能鼓起勇气说出来。

安心过去是一个很开朗的女孩子，家境一般，她和大多数人一样，有着自己的梦想，有着自己对未来的渴望，对自己的人生有着许多千奇百怪的想法。这样的人，应该对生活充满无限的希望，她的生活应当布满阳光积极向上。故而当她以如此灰败的形象出现在我面前时，我更多的是难以置信。

我很想问她发生了什么，随即想起她离开我们之前的传言，再看着她的现状，我唏嘘着，又不知道该从何说起。大约是相信了那所谓的传言，或许我还是希望能够得到不一样的答案。

相视无语，我犹豫片刻，到底没有敌过对这事的好奇。等收拾完毕，我便带着她去了一家甜品店，我想了解她的近况，叙叙当年情谊。

传言之所以是传言，是因为口口相传没有证据，而这一次安心清晰地向我展示了传言的真实性。我一边感慨着，一边为她感到惋惜。

原来，初中毕业后，安心果真如传言所说的那样听从父母的安排，以中考全县第一的分数上了一所很普通的免费签约学校。原本能顺顺当当读高中，考上理想大学的女孩，含着泪进了自己不喜欢的学校。

女孩子对于他们而言，只需要等待将来嫁人。哪怕当时，不少重点高中也向他们伸出免费橄榄枝，但她的父母甚至没有给她一个选择的机会，只知会了一声，就坚定地改了她的志愿。

说到这里时，安心哽咽了，她盯着奶茶里面散落的白色液体，轻声说："当时老师找过我，劝我好好上学，按部就班，但我的父母觉得中专就够了。"

我看着她，她还是没有移开视线，似乎透过被果汁吞噬的白色物品，能看见自己的人生。

"那你反抗过么？"我轻声问她，想要从她口中得到一个不一样的答案。

但安心低着头，苦笑了一声说："大抵是因为所有人都告诉我，父母的安排永远是对我而言最好的选择，所以，我不想辜负。"

不想辜负父母选择的路，所以最终选择了辜负自己。这是多么可怜又可悲的缘由啊。

明明应当同情或是安慰她，我竟生不出安慰之心。

我一面恍然着，一面感到无比惋惜。所有的思绪在脑海里过了一遍，唯独没有安慰。我看着安心，只是将奶茶推到了她面前，继续先前的话题，结果是不用猜测都能想到的。

而后的安心在支教过程中，认识了她所喜欢的少年。少年鲜衣怒马，为枯燥乏味的生活添了一丝亮光。她喜欢这个少年，他像是一盏灯，照亮她所有阴霾。

然而，并不是所有的灰姑娘都能在故事的结尾和王子幸福生活在一起。少年家境殷实，学历眼界更不是安心能与之并肩的。在和少年相处中，她赫然发现，学历不能满足时代以及未来的要求，但一切似乎来不及了。

少年朝她伸出手，她不知如何是好。也就是这个时候，安心的父母通过电话中的支言片语，察觉了这朵尚未开出花苞的玫瑰。亲戚朋友阻挠，父母听亲戚朋友的话，为了不让她脱离掌控远嫁他乡，百般相劝，威逼利诱。在痛苦选择关头，她没有坚持，再一次顺着父母的心意，嫁给了一个不过见了一次面的人。

安心清楚记得，少年问过她为什么不反抗，她看着少年，到底还是亲手掐灭了这朵未开放的花。她告诉少年，自她出生起，她的人生便不在自己手上。少年送了她两个字"愚蠢"，之后再也没有联系。

是的，就连安心也觉得自己愚蠢至极。她不敢反抗的人生，最后将她身上的刺一根一根拔去，连带着原本的光芒也随之消失。再后来，生活中的柴米油盐，老公的不成器，让她的人生里再也没有光，也失去了太阳。饶是这样，周围的人依旧没有放过对她指指点点，她被迫承接他们给予的人生，又被迫接受她们给她的目光。

如今的她，没有像父母所说的那样美好，微薄的工资不过供得起丈夫和女儿的生活，她却连一本书一件普通的衣服也不能轻易购买。在理智和现实的压迫下，她将污秽伸向了那本书。

这便是听从他人，没有自己选择过的人生。没有想象中的一帆风顺，更没有得到他人乃至父母的疼惜，得到的只是一生无法担起的重担，还有再无光明的前景。

哪怕她真有一份所谓安稳的工作，也依旧落后于人。社会的脚步向来是不会等人的，当你放弃挣扎，放弃梦想，放弃人生时，你也被社会放弃，最终坠入深渊，难以爬起。

和安心的对话里，我更多的感受是怒其不争哀其不幸。与她有着鲜明对比的，是我的一个老师，当日她在学校大礼堂的一番演讲，我终身难忘。

初始时候，她与安心同一个起点，都拥有应当闪耀的人生。她听从父母安排，中专职业学校毕业后进入了一家所谓稳定的医院，开始稳定活着，也能为家庭贡献出自己的一分力——毕竟在家人眼中，在医院做事是一份美差，很多时候很是方便。

她与安心不同，在并不是自己选择的人生里，她很快醒悟过来，并且之后的人生里，她没有放弃自己的想法。

世上本无后悔药，能够回头不过是因为醒悟及时，或是有着哪怕头破血流也不止步不前的决心。

我的老师在之后的一段时间里，没有听从任何人的建议，坚持着自己的信念。无论是谁，都没能改变她的想法。她明白地告诉自己，只有自己才能选择自己的人生，她人话语不过是指点，决定权在自己手中。

所谓的坚持，不能够获得你想要的成功，但不忘初心，方得始终。

也正是因为她不撞南墙不回头的坚持，两耳不闻窗外事的冷静，最终让她拿下了她梦中的通知书——一张来自她梦想中的高校的研究生录取通知书。

礼堂上，万众瞩目，灯光打在她脸上，我们能够清晰地看到她眼角的泪光，但那泪水没有落下，取而代之的是那张扬着自信的笑脸。

曾经在人群中平凡到不能第一眼被找到的人，在这一刻却光芒万丈。

她说："哪怕千万人阻挡，也不能自己投降。能决定自己人生的，只能是自己。哪怕是再亲近的人，也无法代替自己决定。未来如何，生活如何，如鱼饮水，冷暖自知。她人再激扬指点，那也是你自己的人生。"

台下热烈的掌声，还有一些人擦着眼角的泪水，不知这番话到底让多少人感同身受，也不知影响着多少人的思绪。

我的老师和安心有着截然不同的人生，尽管她们起点相似，结局却是一个凤凰涅槃，一个还在燃烧自己。

我不知道如果当初安心坚持，不让任何人主宰自己的人生，她会得到一个怎样的结局。

或许在高中和免费师专之间选择时，她坚持自己的目标，不听从父母的所谓为她好的话，选择上高中，她会如愿考上自己理想中的学校，进入一个不同的世界。

在少年和父母"包办"婚姻中，她如果坚守本心，没有放弃自己所爱，她会和少年一起建立一个以爱为基础幸福美满的家园。

如果她幡然醒悟，也许会和我的老师一样，放弃所谓的安定，选择一条不被任何人看好，连知己都阻挠的圆梦之路。也许会失败，也许会成功；也许会掉入深渊，也许会万众瞩目。

然而，世界上没有那么多"如果"，也没有那么多或许。已经发生过的事不能改变，而未来也因为你的后悔，重新给你可以选择的三岔路口。

我的老师依旧能活得精彩，但被生活打磨后的安心，再也不能和过去一样肆无忌惮地大笑，也不能重新开始。生活的重担压在她身上，她很难鼓起勇气再爬起来了。

很多时候，也许父母说的一切都是对的。也许她们为你所做的每一个决定都是为了你好，为了能让你有一个所谓圆满的人生。可那并不是你选择的生活，也并非是你想要的生活。那不过是老一辈对自己理想国的缩影，你没有反抗，接受着这缩影。或许幸福，或许痛苦，但不是经过你自己的手去选择的人生，不过是他人的人生。而你，更多时候，和安心一样，褪去所有，放弃所有，待尘埃落定，你又后悔。

然而，世界上有千奇百怪的药和东西卖，单单没有后悔药。在充满了后悔的世界里，除了悔恨，你只能被迫接受你没反抗的人生，最后在走马灯中悲哀地闭上双眼。

■ 当你的才情匹配你的梦想（作者：问柳十九）

我们都曾经历失败，被现实打败后一蹶不振，感觉梦想遥不可及，在深夜里听到梦碎的声音，但是一次次的努力终会回报你，梦想终会开花结果。

阿呆是个从小就听话的乖乖女，没有漂亮的五官和令人艳羡的家世，她只是众多平凡人中的一员。

阿呆其实并不呆，相反，她挺机灵的。从小到大她的成绩都不差。小学初中她的成绩都是镇上学校数一数二的，她是被老师点名夸奖，被同学羡慕的那一类人。同时她的人际交往能力也不差，讨人喜欢、人缘好是大家一贯对她的评价。

阿呆为什么叫阿呆呢？这是她自己给自己取的外号，她说觉得"呆"这个字挺可爱的，希望自己有时候呆一点。

阿呆没有参加中考，被保送到了区重点中学。最开始进入高中的时候，阿呆其实是有点自卑的，但好在她很快就适应了学校的环境，凭借着良好的交际能力，很快和室友同班同学打成一片。

和以前一样，阿呆努力学习着。虽无法成为班上的第一第二，成绩依旧在班级名列前茅，和成绩最好的那一批人一起前行着。高中三年阿呆都在认真学习，为高考努力，但是阿呆高考失利了。

"我虽然努力，但是不够努力吧。很多时候我明明可以再往上，但是选择了将就。"阿呆在和我说起往事的时候带着难以言说的感慨，"高三努力是真的。刷了很多题，每天都好好学习，也可能是心态不稳、太浮躁了吧。高考失利对我的打击真的挺大的。"

阿呆现在读大四了，她的心底始终有道越不去的坎，有块揭不开的疤。她想过考上梦想中的大学，给父母一个最称心的回答，过一个最完美的暑假，进入理想的大学，开始愉快的大学生活。但一切都在高考成绩出来的那一刻崩塌。

还记得出高考成绩那天，阿呆知道自己考得不算好，但是点开网页颤巍巍输入了准考证号，网页跳转后，阿呆仍然抱着一丝希望。她紧张到不行，甚至用手挡住了成绩页面，然后从手指缝中看到成绩。那一刻，阿呆仿佛能听到自己梦碎的声音。

随即她掩面痛哭，眼泪顺着脸颊流下，阿呆的手被打湿。身旁的父母也不言语，不敢说任何话，怕伤到孩子的心。

高考失利，在复读与填志愿上大学之间，经过众人建议，阿呆选择了后者。于是和很多人一样，阿呆填了一个冷门的专业，进入了一所平凡的学校。

一个人对于不了解的事物，始终抱有极大的热情。

阿呆对于即将到来的大学生活依然是向往的。

进入大学，阿呆竞选班委成为团支书，和班上同学搞好关系，还帮辅导员做事，去学校组织面试被淘汰，后来又被选上。阿呆有了自己的交际圈，有了自己要好的朋友。

进入大二，阿呆成为了校级组织部长并进入了院学生会，年底的时候，她拿到了奖学金，获得了校级表彰。

大三时，阿呆离开了校级组织，留在学生会成为了主任，开始带大二的学弟学妹。

在校期间，阿呆参加了很多比赛，获得了很多奖励，她写的文章也在微信公众号发表了。

在许多人眼中，阿呆很忙。

在许多人眼中，阿呆很优秀。

而当深夜一个人坐在电脑面前改着新闻稿，听着寝室里室友们浅浅的呼吸声时，阿呆突然觉得很孤独。

阿呆问自己：你到底想要什么？

阿呆的心空空的，一时之间无法回答。

看似每天的时间都被填满，她在学习、学生工作、大学生活三者之间还算游刃有余，但是阿呆始终觉得心底有一块是空的。她有时不知道自己那么忙碌都是为了什么，她不知道自己到底在追求什么，她觉得自己心头压了一块石头，眼前满是浓雾。

夜晚室友都睡着的时候，阿呆躺在床上望着天花板上的夜光贴纸，有星星，有月亮，还有地球，阿呆就想起已去世的爷爷。

她总想起从小到大爷爷对自己的疼爱与夸奖。一句句"囡囡"里藏着爷爷深切的爱。爷爷从未认为阿呆不优秀，在爷爷眼中，阿呆无论什么时候都是最棒的，最让人喜欢的。而阿呆看了看现在的自己，她觉得有些辜负爷爷的期望，即使爷爷早已去了天国，阿呆始终相信爷爷一直看着她并保护着她。

她突然想做点什么改变现状，她不想被困于目前的生活，她觉得不够。

她喜欢文字，作为一名工科生，她却热爱写文案、撰写新闻稿，而对实验仪器操作没有任何热情。她在校新闻中心任职，学习了通讯稿的编写，兼任学院传媒中心主任，她掌管着学院的对外宣传。在"三下乡"期间，阿呆发稿无数。

阿呆问自己：你热爱传媒吗？喜欢文字吗？

阿呆的心底有一个小小的声音在回答：是。她想起前不久无意之中看到的韩剧《三流之路》，热爱主播事业的女主角因为家境不好当了百货商场前台，后来无意中顶替商场广播人员播了一次音，她哭得稀里哗啦。

"人，只有做自己喜欢的事情才会开心呢。"阿呆对自己说。

阿呆开始改变，她开始浇灌心底那颗发芽的种子。

她开始写文稿往各大微信公众号投稿，一次不过就两次，两次不过就三次，不断地写不断地改，终于有一篇成功发表，得到了些许稿费。即使稿费微薄，阿呆也兴奋不已。

阿呆找各大网站传媒专业的实习工作，不断地投简历，不断地面试，她知道自己比不上专业对口的学生，但是她不会放弃，并且更为努力。

她还在各大微信公众号上寻找实习招聘信息，不管是微信排版还是文案编辑工作，她都去尝试。

她开始尝试很多未曾尝试过的东西，学拍照、学修图、学视频剪辑，最开始枯燥得让她想哭，但是她一步步忍下来了。

后来阿呆准备考研。她是一个纯工科学生，她想要跨专业考新闻传播专业研究生。

在别人看来，阿呆特别忙。朋友的邀约她越来越少答应，跟朋友一起吃饭的时间更少，周末也不出去闲逛。

阿呆辗转于寝室、教室、食堂这三个地方，每天的生活三点一线。

生活有些枯燥，书本知识也十分晦涩。应付原本的专业知识和工作之外，阿呆将所有时间拿去复习。从一无所知、知之甚少到了解、明白，阿呆无数次坐在自习室里，看着身旁的同学奋笔疾书，她想起古人头悬梁锥刺骨，感叹那该是有多大的恒心呀。

她望着窗外的绿叶郁郁葱葱，不禁想到一棵树的一生。播种发芽变成小树苗然后长大，然后一生的目标就是向上。它会不会也厌倦身边的事物总是固定没有任何改变？它会不会也想逃离从小到大固定的地方？

再往外看，她看见了湛蓝的天空和沉静的水面。外面的日光似乎有点强烈，直接照射到了阿呆。阿呆的心从高空一直往下掉，没有停靠的地方。她突然觉得有点累。

深夜，阿呆还在看书，看完书改新闻稿，改完新闻稿继续看书。看着看着阿呆就哭了。压低声音，她不能吵着室友，眼泪一颗一颗掉到书上，打湿了书本。阿呆觉得前路被白雾挡住，一切都是渺茫的。

哭完了，她擦干眼泪继续看书。

一次考研研讨会，阿呆前去参加。一个博士刚毕业来到学院工作的学姐说了一段话，让阿呆拨开云雾见光明。学姐说："清晨起床，你推开窗，外面大雾，百米之内什么都看不清楚，心情糟糕透顶。但你走下楼，你一步一步走进这雾中，你会发现你每一步都走得很清楚，你看得见你脚下的每一步路。"

学姐的这段话，拨开了阿呆眼前的白雾，让阿呆对于脚下的路心里清晰而明朗。

就这样忙着、累着，阿呆哭过了笑过了，终于到了研究生考试这一天。

考研当天，阿呆早早地起床，洗漱完毕出寝室门。路上遇到的素未相识的人都对她报以微笑，大家互相鼓励。她觉得心里很平静。

考研结束了。阿呆不去期待任何结果。她让自己放松下来，和朋友聚会，和朋友逛街，和朋友吃饭。阿呆依旧写着该写的新闻稿，改着该改的推文，她没有让自己松懈下来。

"最后结果怎样？"我问。

"嗯，考上了。"阿呆笑着回答我。

我听完了阿呆的故事。出神地望着她，她笑着，我仿佛看见了她眼底的星辰与大海。

阿呆曾说她那段时间真的挺苦。忙于工作忙于专业学习，事情多的时候忙到想吐，可她依然要挤时间出来学习。同时她没有任何放松的时间，没时间追剧，没时间看电影，没时间和朋友聚会，她卯足劲只朝目标努力。

阿呆告诉我她这么努力的原因就是不想再辜负自己。高考是阿呆遇到的第一次大失败，对她来说这是一个沉重的打击，在阿呆心上烙了一个疤，她却没有及时补救，她其实是有些后悔的。而当阿呆明白自己真正想要什么，知道要朝哪个方向努力后，她就会只朝那个方向走，即使会跌倒，即使会摔得头破血流，即使最终的结果是糟糕的。她说她拼过命了，就不会后悔。

可能她谈起那段时间没有那么多的描述，很多地方轻描淡写就带过了。但是真实的经历没有那么平淡，不仅更深刻，也更让人难忘。阿呆说她记得无数次哭泣，情绪崩溃之后却不能发泄，深夜里的孤独仿佛要吞噬她。她曾感觉周围都是黑的，没有光，也没有人去救她。

我感慨，也好奇那段时间她是怎样熬过来的。阿呆说她那个时候想到一句诗：人本孤独生，当做孤独想，尝尽孤独味，安然孤独死。她想反正周围也没有光，何必等别人来救，只有自己走出去，不然就像一只困兽死在牢笼里吧。

说完这一切，阿呆眼底带笑，背后有光。

一个人只有一次人生。光荣在于平淡,艰巨在于漫长。而在人生中我们会面临很多选择,更会遭遇很多失败。

我们会在深夜听见梦碎的声音,我们会被梦想抛弃。

很多人就此沦落,选择甘于平凡。也会有少数人从深渊中爬起。

小部分人向着梦想努力,一步一步脚踏实地,可能走得很慢,同时遍体鳞伤,但是他们最后会抵达终点。

只要走过最艰难的时刻,梦想终会开花结果。

第四章 ○

我们终将长成自己想要的模样 ●

多年以后，回头观望自己的人生。从梦想到挫折，从一个人到一群人。在失败里越挫越勇的你，每一个脚印都是坚持的形状。未来的你没有辜负过去的你，我们终将长成自己想要的模样。

■ 你终将长成你想要的模样（作者：辛岁寒）

想要成为什么样的人，应该成为什么样的人，都不能由别人下定论或者自己随心所欲。始终记住你想要成为一个什么样的人，才能长成你想要的模样。

阿靖是我世界观形成的第一个引导人。

她那时面对恶意、面对排挤、面对嘲讽、面对不公的坚忍，成为了我品性形成最初的引导。

我那时还只是一个懵懂无知的小姑娘，在人生路上磕磕绊绊、跌跌撞撞，自我成长，好在遇到了她，是她带着我，使那个浑浑噩噩只知享乐的少女，走到了如今这条努力上进、艰苦奋斗的路上。

她总是告诉我：一个人，要坚定自己的内心，才能走向更广远的未来，不要沉溺于眼前的是是非非，不要纠结于这个年纪所面对的一切善恶。

那时，我们上高中，处于十六七岁的花季。她从一个十六七岁的少女，长成内心成熟的姑娘，仅仅用了一年。

高中时一个寝室住六个人，室友的成绩遍布班上所有等级，按成绩定座位，让班上产生了等级观念。基本上每个人都是跟自己成绩差不多的人一起玩耍，室友也有各自的心思。

那时的班级便是那个样子。每个人与自己阶层相当的同学当伙伴，我和阿靖能成为朋友算是个意外。

阿靖是我的室友之一，她是班上的第一名，在一千多人的年级里排前三十名，更让人惊讶的是，她初中跳了一级才成为我的高中同学。

高一高二时，她是老师眼中公认的学霸，她能解开其他同学都解不开的物理题，能和老师一起讨论题目存在的问题和差错，开家长会时，她是老师永远挂在嘴边的对象，让每个家长钦佩不已，她看起来那般光鲜亮丽不可一世。

最让人佩服的是，她能在所有人都考得很差的时候，依旧保持很高的分数。老师时常以她为模范来教育我们。

那时，老师口中最深刻的一句话是："你看看别人比你们小两岁都比你们努力，你们还有脸玩，脸不红吗？"

我们都会低下头，带着抗拒又崇拜的心情听老师批评。

班上和她成绩相近的同学和她明面上竞争起来，每次考完了试，必要拿着卷子和她好好对比一番，和她成绩相差太远的同学，没有机会和她多说几句话，我们这种成绩中等的同学更是除了问她题，便与她没有其他交集。

于是，她变成了一个孤独的姑娘。每个人站在她身边皆有压力，或多或少在老师对她的频繁夸奖下，对她有些生厌。

下了课，没人会跟她主动讲话，做事情，大家总是针对她，连晚上回了寝室，室友也偶尔对她敷衍或者嘲讽地说几句话，大多时候她自己玩自己的。我那时痴迷于文学，整日沉浸在文学中，更是难得和她说几句，大家各自忙着自己的事，熄灯后安静地上床睡觉。

我们最开始只是单纯的室友关系，互相借借水卡，拿拿纸，收收衣服等，小事互帮互助。

时间长了，阿靖对我说的话多了起来，我才注意起这个姑娘来。

她是我认识的第一个"拼命三娘"。

在室友们还躺在床上呼呼大睡时，她已经出门到教室开始了一天的早读；当我们还在赶作业时，她已经完成了全部作业，进行复习；当我们在食堂刚动筷没多久，她已经十分钟之内吃完，回到了教室……

她总是那么风风火火雷厉风行地做事和学习，还善良单纯。

而我最佩服她的便是她始终知道，自己成长的方向。

在思绪纷飞的年华里，每个人的世界观处于形成的路上，花花绿绿的诱惑像是飘着香气的美食，时不时在我们眼前晃荡，勾引着那些轻易上钩的人。许许多多的孩子迷失或者曾经迷失过，只有她始终记得自己要成为什么样的人，不随波逐流。

她总对我说，她的梦想是成为一个对国家有用的人。

那时，我是个没有任何想法的姑娘，一心只想成为一个作家，更没有像她那般对自己的人生拥有远大抱负，只觉得她的想法太过遥远而不切实际，尽管她的成绩好得出奇。

她始终用行动告诉我：努力，向着你要成为的那个方向不放弃，你终有一天会成为那个路上的人。

阿靖的人生转折从高二开始，她的人生发生了翻天覆地的变化。

高二的某一次考试，她成绩下滑得厉害，从年级前三十名滑到了一百多名，本就沮丧的她还搞砸了一件老师的大事，气得老师见她一次说她一次。从前那个被老师众星捧月，挂在嘴边的太阳，变成了一个时常被老师当众批评，私下请到办公室的姑娘。

有时夜里已熄灯，她趁我没睡觉，拉我到厕所里躲着聊天，跟我哭诉，我才知道她平日里的坚强，都是装给别人看的。

于是，我们常常在阳台，关着门，互聊心事、互诉衷肠。有时声音大了，被生活老师直接开门进来警告，她总是将我护在身后，说是自己声音大了，或者主动向生活老师求饶，将事情扛下来。

她颓丧的日子里，我拼命想跟她成为同桌。班上同学的座位，都是每一次通过考试成绩排名定的。以前阿靖是第一名，她总是先选择，而我这个踩线生，和她隔了十几二十个人，轮到我时，已没有她附近的座位可选。

和她终究没能做成同桌，成为了我高中时期的遗憾之一。我只能远远地关注她，在回到寝室以后，我们分享彼此身边的事情。

后来阿靖在班上闹了很大的风波，她连续一个月几乎没有上过晚自习，在班主任办公室接受思想教育。同学们背地里嘲讽她，说她这个以前让大家崇拜的人也不过如此。

后来听人说，她哭着到教导主任办公室指责老师针对她，或者私底下跟老师打同学的小报告。

她真正的成了班上众矢之的，连老师也有时忍不住训她。

她伤心了很长一段时间，忍着委屈给老师道了歉，将事情压了下去，到了高二临近尾声时，事情过去，她更加拼命地熬夜学习。

十一点熄灯阻挡不住她学习的脚步，她哪怕拿着凳子到厕所外面借灯光也要把当天的问题和作业都搞定，才肯上床睡觉。

我被她的精神感动，索性每次回到寝室，也和她一起努力地学习，她常常给我讲解我不会的各科题目，也不嫌弃我是个问题颇多的姑娘，耐心而细心。

那时我们俩的成绩都有了一定的突破。

期末考试时，她终于冲进了年纪前十五名，被全校点名通报奖励。我虽没她那般聪明，但总算是考进了班级前十名，着实高兴了不少。

高二那一年，我和她便互相帮衬着，慢慢走了过去。直到她换班的消息传来。

她走得让人措手不及，却用她的行动向那些人证明了自己。

高三时，学校为了冲刺，将年级"大换血"，将我们挪进了一个荒凉的校区，她以年级前十五名的成绩，被挪进了"清白班"，成为了我们真正打心底里羡慕的那个姑娘。

临走前的那天，老师专门为她开了一场欢送会，感慨她的成长，希望她一年以后能实现自己的目标，考上名校，也希望她走之前，鼓励一下班上的同学，让大家在新校区摒弃从前的懒惰，正式好好地、用心地学习。

她朝我们深深鞠躬，便洒脱地离开了这个班级，也换了寝室。

放学以后，我去她寝室找她，我问她：你快乐吗？

她说她感到无比轻松。

从那以后，她开始了漫长的奋斗，我也投身进了高三的匆忙学习生活里。

我们很少见面，我有了新的伙伴，她依旧孤独一人。

她说：孤独才能成就伟大。

她不再是从前那个怕人排挤、怕人嘲笑、怕孤独的姑娘，她独来独往，快速干完所有的事，不想其他，一心只在学习上面。

班里的老师依旧会提起她，提起她在年级最好的班的现状，我们听闻以后总是唏嘘不已，也感慨彼此之间的差距越来越大。

当她在犹豫是考复旦大学还是考浙江大学的时候，我们在书海里挣扎迷茫，不知自己未来去向何方；当她复习了一轮又一轮，在挑拣自己知识漏洞的时候，我们还在学习知识；当她在忧伤自己在那个班压力大的时候，我们还在班上为了名额满足……

一年以后，她得到了复旦大学的录取通知书，而我，因为高三的变故，心思没能全在学习上，成绩退步得一塌糊涂，只考上二本学校。

那天，她离开时，在网络的那头，对我说的最后一句话是："加油！我们可以的，总有一天，我们将会长成自己想要的模样。"

我答她："会的。"

从此以后，我再也没见她的头像亮起来，也再不见她改签名或者发说说。

从此以后，我们相忘于江湖，不问彼此。

她终究长成了她想要的模样，在重重阻碍、各种嘲讽排挤下，她始终没有忘记自己。

这么多年，我都没有她的消息，我相信，她如今应该已经成为了一个她真的想要成为的人。

她的话始终盘旋在我的脑海中，很多年。

我也因此爱上了旅行。

在行走中，我寻找到自己所喜爱的东西，寻找自己的坚定的内心。

人的一生，短暂而易逝，想要成为什么样的人，应该成为什么样的人，都不能由别人下定论或者自己随心所欲。你想要成为什么人？想要做什么？想要去什么地方？在这个匆匆忙忙，繁杂喧闹的人世中，寻找到什么，得到什么才对得起你这一生坎坎坷坷走来付出的全部？

这些问题，没人可以回答你，除了你自己。

上天不会亏待每一个拼命努力的人。或许一开始对我们不公，或者在人生的某个阶段对我们不公，但上天总的来说是公平的。我们始终要记住，自己想要成为一个什么样的人。

自己的形状，由我们自己决定。

要相信，总有一天，我们会长成自己想要的模样。

■ 一切都是最好的安排（作者：尹小南）

人在旅途，会遇到形形色色的人。有人教会你如何去爱，有人教会你如何舔舐伤口，有人教会你如何与这世界相处。而他们虽为过客，却是生命中最好的安排。

高考之后，几家欢喜几家愁。我与心仪院校的优势学科失之交臂，高不成只能低就。我不情愿地拖着沉重行囊，一路风尘到达那所古树参天的院校。所幸，我选了这所学校的强势专业之一英语专业。

饶是高分入校，却是卡着英语专业分数线进来的，而我这个高中时的优等生，在这里却成了垫底生。于我而言，选择英语专业，并非因为喜欢，而是觉得自己英语恰巧不错且对其也不讨厌。

此前除了上课之外，我没接触过欧美文化，口语、听力以及基础相对较差，跟一众喜欢英语甚至打小就受英文熏陶的同学没法相比。全英语授课环境，他们同外教谈笑风生，课上用流利的英语对一些话题侃侃而谈。

而我，只能尽力听懂课程。

大一教授口语的外教让我们每学期为自己的英语学习设立一个目标。我第一学期的目标：听懂外教讲课。第二学期的目标：听懂外教讲课的 90%。

而整个大一上学期，因为蹩脚的英语发音和不牢的知识基础，我连一句完整的英文都无法说出，于是沉默了半年的我，像是不存在，无人记得无人知晓。

第一学期我的成绩自然不理想，最重要的一门综合英语课成绩跨入全院倒数范围。初入大学的新鲜感全无，取而代之的是迷惘与自我矛盾，难道我要一直这样下去？这样随波逐流，普普通通毕业找工作结婚生娃，终其一生浑浑噩噩？可如果想要改变，英语基础如此差，听说读写从何开始？又如何去做？这些问题像张巨大的铁丝网笼罩着我，越缠越紧，越勒越深，直至三月大一下学期开学。

"不要敷衍我！敷衍，可以，以后不用来了……"外籍教师办公室传出一道年轻的声音。彼时，办公桌前一个女生低着头，被长发遮住脸上不知是何表情。大一下学期，这是我记得最深的一个场景。

三月之初，学院给我们英语专业的学生配备了检查英文背诵的导师，六人一组，随机分配。一个名为 Zero

的海归硕士负责我们组。课余背课文，这无疑给我增加了一个负担，直至检查前一天，我匆匆忙忙才背了课文。

第二天，我跟同伴大眼瞪小眼，看着电脑桌前忙碌的背影，就这样晾着我们？五分钟后，导师拿起手边的小型录音机，打开递给我们后，转身继续敲键盘。随后，我们难听的中式发音在办公室内响起，末了，他只丢给我们一句："背课文不是图快，是要练发音，下次慢点背，回去吧！"

这就是传闻中会教我们很多知识的导师？满心疑惑的我俩临走之际，不大不小的声音自身后传来："怎么就你们俩？回去告诉他们，不来滚蛋！"

见识到这么敷衍的检查，我第二周照例临检查前一天赶工。这次，六个人全到了。难听的中式发音再次响起时，我不可思议地看着他拿出笔和本子，将每个人的录音都认认真真做了笔记！从那以后，每周他都会根据每个人的进步和不足给出量身定做的建议，一一讲解。那天，他冷不丁来了句："临检查前一天背的，听得出来，下次提前几天好好练。"我听得心头一紧，心下默念：下次一定好好练。

一个月后，有人进步很大，而有人却原地踏步。那天他靠在椅背上，办公桌前站着一个毫无进步的女生，他说："不要敷衍我！敷衍，可以，以后不用来了。大学四年很长，怎么过取决于你。"坐在一旁的我暗自庆幸自己悬崖勒马。

于我而言，随着时间一周一周流逝，导师对我的要求从具体的音标转为文章断句、升降调和抽象的情感。难度升级，时间仍是一周。

别无他法，我只能一遍遍地反复练习，有时一个长句断不清，掌握不住升降调和情感，便会重复模仿百遍甚至千遍。当我再次站在外籍教师办公室时，掌心沁出了汗，因为不知自己到底有没有进步。

许是洞悉我努力过，他并未多说什么，只继续指出我还没纠正的错误，依然是那些问题。就这样，我同这些问题抵死纠缠了一个月。八周连续不停地克服一轮又一轮的困难，四周拼命努力却毫无进步，我徘徊在崩溃边缘。

四月底，背完课文，他突然看向我："发音基本上没什么问题了，只是情感不足，需要有和读中文一样的情感。"

喜悦像寂静深夜中猛然炸开的烟花蔓延心房，终于突破这一瓶颈，只剩一个难题——情感。我始终无法用理解中文的感觉去朗读英文，既然如此我便费尽心思去寻找那种所谓的英文情感。下一周，外籍教师办公室的门却紧锁着，冰凉的门把手怎么也无法打开。导师不是一个会迟到的人，今天怎么了？

我打开手机消息一看，原来他在约定时间前一小时发了条信息到群内：这周出差，不用背课文了。

出差加烦琐的事务，整个五月，几乎停工，这令我长舒了口气，终于可以休息一下。再次见到他时，我经过期中语音口语考试的打磨，终于得到他的点头肯定："没问题了，就是情感还需要多练，可以看一下 BBC 纪录片，很有感情的朗读。"

时间过得总是如此之快。

六月中旬的天很热，纠音最后一周。刚下课赶来的他仍旧迈着不紧不慢的步伐，蓦地高高举胳膊愉悦地喊了一声："耶！马上要放假了！半年什么进步也没有，耶！"随他进门的我们愣了一下，旋即笑了。坐定的他笑着补充道，"开玩笑的，你们进步很大呀，暑假快乐！"那一刻，我发现严谨的他竟也有这么鲜活、孩子气的一面。

学期结束之际，朋友问我为什么发音进步如此大，我惊奇地反问她：你们的纠音导师呢？

她笑笑："我们的导师在我们背完课文后，再说几个大家共同的问题就完了。"

我心下一动："那不好好背呢？没有进步呢？"

后来，我问过许多同学，原来除了检查课文发音外，其他的工作都是导师自动加的。

　　许是受导师的熏陶致使我的态度转变，我不再敷衍。大一下学期我的成绩令我着实吃了一惊，综合英语单科成绩年级排名第五，其他科目亦居前排。

　　大二，九月拿到一等奖学金，我开始参加英文演讲、配音、话剧等，面试英语活动志愿者，凭口语优势个人或带领团队拿下不同奖项和各种志愿机会，旋即又是期末考试周。

　　我拿到分数不错的期末成绩单，拥有忙碌却充实的半年，2018 年 2 月 28 日，我面对即将开始的新旅程。

　　一切，恍如隔世。一年前，我还是那个无人问津的垫底生，是谁将我从边缘拉回来的？

　　对了，是 Zero。

　　他从不生气，不疾不徐的话语间却夹着字字诛心的力量，一巴掌狠狠打醒虚度光阴的我们。Zero 很忙，但他每次都会不惜时间，认真指出每个人应该努力的点；进步他会夸我们，不努力他会点醒我们；个别学生错音根深蒂固，他亲自示范；他还会送资料给个别基础差的学生……

　　总以为留学归来的导师家境殷实，养尊处优，殊不知曾经他也是大山里的孩子，受方言影响用了半年才彻底纠正一个发音。大学时每天十二小时练发音，四个月的坚持才换来一口地道的美式英语。夜晚十点的外语楼很美，当全楼灯熄灭，唯有三楼办公室灯亮着，紧接着是看门大爷落锁的声音。周六清晨七点，路过三楼时常能听到走廊里模仿NPR（指美国国家公共电台播音）的好听的美式英语。

任教四年，他仍对英文保有热忱，教学方法独树一帜，效果出奇的好。记得他曾说过："为什么要跟别人一样呢？只要效果有了，干吗非要按照传统教学来？你们学习也是，为什么非要跟别人比呢？做好自己的事就行了！只要能做好，何必拘泥于世俗眼光呢？"

或许这便是我经过漫长的内心挣扎后，才敢上台比赛的原因吧——好与不好，何必在乎别人的看法呢？

九月秋风起，三楼外籍教师办公室的灯再没有亮过。

大一暑假，我用了一个月的时间系统修习美式英语，每天训练四小时。每当暑期自我训练想放弃时，脑海中便回响起一个声音：我希望九月，他能再听我背一次课文，听听这次我朗诵英文情感不足的问题解决了没有。

多次路过三楼紧扣的门锁，只希望门是因Zero出差恰巧不在而暂时关闭，然而最后我得知，他回香港读博了。

金鳞始终不是池中之物。

Zero 教给我们的不仅是知识，更是对生活的态度。他说过，方向很重要，一旦方向错了，再努力都是无用功。没了 Zero 的指导，我猛然间似乎失去了重心，此后走错方向不会再有人替我纠正了吧，未来的路，往哪儿走？

撕扯许久的迷惘，终在一次同闺密的通话中得到解决，她说"每个人来到你生命中必定有他的理由，或许是为了教会你一些东西，你学会了，他自然会离开。"

是了，当初来这所大学时的不忿，被一句"一切都是最好的安排"抚平，而今 Zero 的离开，让我学会独立去解决问题。既然教会了我方法，剩下的路，当由我自己来走。

谢谢你，导师，让我明白人生还有无限可能，绝地也可以反击。

现在，我能说一口地道的美式英语，即便没有 Zero 的鉴定，我自己也能判定正确与否。

人生旅程将颓之际，我遇见一个人，他予我本领，用他的生活方式教会我如何在未来的路上披荆斩棘。

之后，我连声"谢谢"都未来得及说，他便匆匆离开。

聚散为人生常事，有得必有失，未来的路终究需要自己一个人走。

无论如何，不要辜负了最好的安排，更不要对不起他们所教会你的东西。

因为，你还要用这些本领一路向前。

■ 明日以后，人生无尽可能（作者：一帘清幽）

年纪轻轻的不要怕，即使今天过得混沌，明天以后，你的人生还是有无尽可能。

此前我庸庸碌碌了很久，一直想等真正空闲下来好好思考一些问题，后来转念一想，实际上"空下来"不过是一个虚无缥缈的幻象，寻常日子似比白开水还要寡淡，哪有所谓的完全的空闲时光呢？琐碎零散的事情尘土般点点滴滴地牵扯着人，让人不得安心。

但当我把这种焦虑根本停不下来的糟糕状态说给一位文学上给予我很多指导的前辈听时，他却一点也没对我的现状表示诧异，反而以过来人的姿态很认真地听完我满腹的牢骚，然后悠悠地跟我说道："年轻人思前想后很正常，但总踟蹰不前，还患得患失，很可能你的梦想就这样不知不觉地离你远去了。"

乍一眼看到前辈发来的一针见血的回复，我心里并不乐意，想着"你根本不了解我要应付多少事"，不过当看到他的下一句时我瞬间释然了，并将这句话奉为最高行动指令。

"做事情还得下定决心，实在觉得应付不过来，可以先放下眼前的事情嘛。闭上眼睛休息一会儿，只要回想一件早就想做的事情，休息完了就做起来。"

一段时间过后，我才明白这位前辈的真正含义与良苦用心。

我很少和学弟学妹聊天，在 Costa 咖啡馆见到了在网络上感觉相见恨晚的学妹，十分惬意。网络上的她什么都敢说，坦率无比，恣意张扬着青春。不可否认，我在她这个年纪，笔尖倾泻下的文字绝没有那么优美，也没什么历史厚重感。而且你会随着她流畅轻盈的描写，循着她们这代人与我们全然不同的成长轨迹，走进另一个世界。

不过她本人并不是我早先猜想的敢爱敢恨浓妆艳抹的叛逆女孩模样，坐在我对面的这个小姑娘让我耳目一新。

我又仔细打量了她一番，不施粉黛的小姑娘，有着一张无论男女老少都非常中意的干净清丽的鹅蛋脸。而且长裙飘飘，是中文系女生该有的娴静温柔的模样。

"苏学姐好。"小学妹有些局促，匆匆与我对视一眼后，两手交握起来，紧盯着眼前的还冒着热气的摩

第四章 我们终将长成自己想要的模样 / 195

卡咖啡。

"别拘谨，像在网上那样，叫我阿苏就可以啦。"

"我看过学姐在《锦色》上发表的民国风作品，才子佳人的倾城之恋，虽然结局令人扼腕，但一波三折，也是当时的青年男女们难逃宿命的真实写照。"

"很高兴你看完了那么长的文章，还能喜欢它。"

我话音刚落，二人极有默契地相视一笑。

在你来我往的学生腔十足的几句话后，我佩服编辑的眼光，她确实是才情满满、不可多得的。尽管她还有些书生气，对于"书写历史上真实人物的故事时尽可能尊重历史"抱着不置可否的态度，但我确实很欣赏她引经据典时神采飞扬的样子，以及恰到好处只露一手的谦逊有礼。

"学姐，我是真的很喜欢和文字打交道。"她有宁芙仙子般动听的嗓音，"可我现在发现，梦想和现实的差距越来越大，"她一脸焦虑地拨弄着咖啡匙，"而且是根本不能逾越的。"

正确理解理想与现实之间的区别，说易行难。

但我在表示理解的同时很想告诉学妹，缺乏理想的现实是没有意义的，但脱离现实的理想也是缺乏生命力的。

望着咖啡店外明净的天空，学妹顿了一下，然后忽然抬起头来，望着我的眼睛，无比诚恳地说："我以为学了中文就能更安心地创作，写出更好的作品来。"

我说："可是你要知道，中文系是不培养作家的。"

20世纪西南联大中文系教授罗常培老先生和曾任北大中文系主任的杨晦老先生都曾说过这样的话，所以，我本以为有他们的佐证，学妹是很容易被说服的。

"学姐你说的其实我都懂，可我觉得按现在这种情况，恐怕我既成不了作家，也当不成学者，"珺溪的言辞突然变得犀利现实起来，我一时有些难以置信，"学姐你不愁工作不愁收入，可你知道我们这届中文专业的毕业生就业率是多少吗？"

她的声音忽然响亮了起来，引得周围一桌的几个外国人频频侧目。

我一时语塞，大脑飞快地转着，似乎想调出有关中文系就业率的记忆来。往事匆匆而过，我似乎确实从没受就业问题的羁绊而止步不前。

学妹又说："今年毕业的可能就业率连30%都不到，一些没找到工作的毕业生就去读研了。"

"但不是所有读研的都是因为找不到工作。"我提醒她。

她笑了笑，说："我知道，学姐。可我如果去读研，那一定是因为找不到工作。"

我听后吃了一惊，这个我心目中长裙曳地，奉王国维的《人间词话》为经典，偶尔还能谈点波芙娃或者弥尔顿的浑身散发着仙气的姑娘，忽然对明天，对人生无限悲观，确实让我大跌眼镜。

我实在不是一个擅长扭转别人观念的人，尤其是涉及人生导向方面的观念。但我还是决意提出自己的一些看法："我想纠正学妹：中文专业主要培养的是学者。换句话说，就是培养有艺术情趣和人文素养的人，但不一定非得是创作型人才。"

毫无疑问，那些常人报得上名来的作家都是创作型人才。

但真正的创作不仅需要满腔的热情，还需要一定的才气，当然，也可以说是那种与生俱来的天赋与感觉。

在我们看来，生活如水，波澜不惊地向四周扩散开去，看不到尽头，也踩不稳脚下。但其实，生活中一点点琐事依然可以找寻其源头，幻化出无穷的故事来。当然，在读者眼中，就仿佛故事是它自己自然展开的。

能够学习自己喜欢的事物，经历着，思索过，写下来，构成一个个翩翩起舞的精彩日子，这固然好，但你要知道，现实生活里本来就是有那么多以科学名义划分的类别，你可以选择硬着头皮接受，亦可以坦然绕过它，扬长避短地走出一条属于自己的康庄大道来。

无论怎样，我们的人生只有一次，所以不必思忖着怎样才是万无一失的选择，也别桎梏于现在的专业或是以后从事的对口职业，唯有这样，你才能有更广阔的大地。好奇心、胆量足以拓宽我们的视野，丰富我们的世界。尤其是还处在青年时期的人，可以享受当下，未必要马上确定自己做什么以及不做什么。

在社会上真刀真枪地拼搏，似乎做什么都非得有个理由。但从很多成功人士的经验来看，事实上他们在兴趣爱好的驱使下莫名其妙地做了些什么，结果歪打正着了。那些你以为的成功理由，不过是后来人追加上去的。

人生中即便有很多事情现在看来毫无希望，一筹莫展，但只要你始终保持默默奋斗的姿态，我相信车到山前必有路。奋斗不一定能收获成功，但奋斗起码可以让你离理想生活更近一步。夸父明知永远也赶不上太阳，却还是以逐日为使命，以造福天下为己任。既然如此，他这一生便没有白活。

既然我们都知道自己不可能毫发无损地走出人生的竞技场，不如就此一搏！人生短短几十年，遵循本心，永不言弃，又有多难呢？

好友 Z 小姐，中学时代一直是留着学生头，循规蹈矩的好学生，但出人意料地对一些看似离经叛道偏离传统的行为"身不能至，心向往之"。后来在父母的威逼下，不得已去了一所以军事化严厉管教著称的寄宿学校，我本以为那个曾一本正经对我说"我想去大洋彼岸感受不同风景"的人会就此不复存在，谁能想到，仅仅两年之后，她就化着精致的眼妆，涂着烈焰红唇向我款款走来，告诉我，她已经休学了几个月，并且托福考了 105 分的好成绩。那些别人只能在梦里想想的"全美 top20"的名校，她早已志在必得，全看她自己怎么挑了。

我看着她，觉得那种靠自己努力在一片嘘声中披荆斩棘，拼出一条血路来的女生真美。曾经默默无名，出身普通中产家庭，丢到人群中再也找不到的路人甲，就这样硬生生地把现实活成了理想中的模样。

"人生短短几十年，遵循本心，永不言弃，能有多难？"这是她在出国前更新的一条朋友圈，下面"吃瓜群众"点赞无数。别人艳羡她的锦绣前程，却不知她绝美的人生图景上每一笔都饱浸了汗与泪。

明天以后，人生无尽可能。无论今天过得怎么样，都与明天的你无关。明天的你，终将是全新的你。

我想起了自己的经历。记得初中那会儿，报纸上登了我寥寥几百字的简评，于是我拿到了人生中第一笔算不上稿费的稿费——一本麦家先生的亲笔签名书，我至今都清晰地记得是一本橙色封面的《风声》。但周遭会写文章的小才子小才女们大都把文章发表到了《语文报》之类听起来高端无比的报刊上，相比之下，我的成果显然不值一提了。

　　后来又在"人生总有无尽可能"的驱动下，我尝试了以前从未尝试过的事，比如用稿费来了一趟说走就走的海滨之行，比如和密友建立了自己负责的微信公众号，再比如用假期兼职的酬劳，买了人生中第一个昂贵的提包……

　　人生海海，有那么多美好的事可以去做，你完全可以创造一个属于自己的奇迹。说得通俗一些就是，既然明天尚未到来，何必浪掷时间去烦忧？那些好吃的、好玩的，你也值得拥有呀。

　　你可以用各种色彩来点缀自己人生刺绣的图景，让理想之船驶入现实世界，抵达自己内心的尽善尽美，也不无可能呀。

　　从前那些斑斑驳驳的回忆与尚未到来的时光，也如同这玻璃窗一般。玻璃的一面是过去，一面是将来，而我们拥有微光。年轻的我们，即便今天过得混沌，明日以后，人生依然有着无尽可能。

■ 谢谢你在这个暴躁的时代缓慢生长 （作者：游小离）

如果给你一个回到过去的机会，你会如何选择？因为梦想，你在这个暴躁的时代可以缓慢生长。

阿力是江城最有名的"垃圾整容师"。

故事还要从一年前一个叫六叔的老人家说起。

一年前，阿力还只是一个在杂志社上班的小编辑，每天的工作无非就是端茶倒水。即便这样，他也未能免于被裁员的命运。

失去工作的阿力，绕着出城的公路走了许久，直到路过天桥底下时，发现一个其貌不扬的老人和一个流浪汉抢夺一块玉牌形状的物件。

阿力好奇走上前观战，发现老人正是出租屋楼下茶馆的老板六叔。店里的老顾客都说六叔不会回来了，所以能在这里见到六叔，阿力着实觉得奇怪。

六叔也看到老主顾阿力，一歪头，说："小子，愣着干吗？还不过来帮忙！"

阿力躲不及，只得"哦"地应了一声，走过去加入抢夺大战。

流浪汉力气再大，也争不过两个大男人，很快落了下风，他说："娘咧，俺的宝贝，你们凭什么抢？"

阿力皱皱眉，夺下玉牌递给六叔，问："六叔，到底咋回事？"

六叔接过玉牌揣进裤兜里，冲着流浪汉神秘一笑："借我玩几天，放心，一周后还在这里，东西和秘密一块给你。"

阿力突然觉得自己成了帮凶，可是听六叔话里的意思，六叔与流浪汉是旧相识。于是带着种种疑问，阿力随六叔离开天桥，又去了西城区一家不起眼的苍蝇馆子吃饭。

六叔和苍蝇馆子的老板显然也是旧相识，连菜单都不用看，随意打了声招呼，一瓶啤酒一盘辣椒炒肉一份白米饭就上桌了。阿力继续揣着疑问看六叔动作熟练地跑到后台跟老板嘀咕了好一阵，又喊来女服务员说："今天带了个小兄弟来，你们可不能再用这些打发我了。"

女服务员在收拾旁边一桌的剩菜，笑眯眯地问阿力："帅哥，想吃点啥？"

阿力抬头看墙上的菜谱，随便点了几个菜后，又让女服务员上了一打啤酒。女服务员将最后一道菜端上桌后，拍拍阿力的肩膀，小声提醒："六叔可不是什么好人，帅哥可要当心。"说完留下意味深长的笑，让阿力背上不由得惊起一层冷汗。

六叔反倒哈哈大笑，拿起酒瓶替阿力倒满："这丫头说话越来越不着调了。"

阿力反问："六叔，您是她什么人？"

六叔又替自己倒满酒，如实答："我闺女。"又指指后台在算账的老板说，"那个是我姑爷。"

阿力终于松了一口气，但满腹疑惑仍未打开，等酒过三杯后才将在天桥下发生的事问出口："六叔，到底是一件什么值钱的宝贝……"他还是没有把说"值得您去跟一个流浪汉抢"说出来，他不想折六叔的面子。

他听过关于六叔的事迹，六叔年轻的时候是江大考古系研究生，每天除了查资料，就是去各个郊区"挖宝贝"。

退休后，六叔就在阿力的出租屋楼下经营一间茶楼，都是一群或退休或无所事事的老男人在他那儿喝茶聊天打发时间。

阿力平时休假的时候也喜欢在茶馆待着，客人多的时候就帮着招待，不忙的时候就拿出电脑坐在角落里写故事，听那群老男人侃大山吹牛搜集素材写小说。后来六叔的茶馆关门后，阿力好长时间没有在假期下楼了，如果不是这次被炒，他恐怕还要过很长一段时间两点一线的生活。

果然就听六叔问："小子，看你垂头丧气的，是不是碰到难事了？"

"六叔，想不到你还会看面相。"

六叔给阿力倒上一杯，又夹一筷子辣椒炒肉放到嘴里嚼着，说："我可不会相面，我是看你上班时间还在外面瞎逛，猜你有事。"

阿力恍然大悟，他想反正不是什么丢人的事，于是将公司的事和盘托出，顺便愤懑地说："编辑有什么好的！挣得少不说，还要完成每个月书稿的定额。如果是高质量的稿子也就算了，关键写的简直就是一堆垃圾，作者不过就是想凭借着和主编的那点关系出本书，好跑到大家面前卖弄卖弄。我们啊，就只能给他们那些垃圾整容了，起码要对得起'文化'这两个字啊。"

此时的阿力像极了年轻时的六叔，虽然满腔热血，却随着两块钱一罐的啤酒慢慢融化进胃里。

阿力说到伤心处，又打开一瓶酒猛灌起来，趁着意识清明之际，看着六叔从怀里掏出那块玉牌在他面前晃了晃，说："小子，今儿就让你开开眼。"

自从那次和六叔一醉方休，六叔就彻底消失在阿力的生命里，唯一能证明六叔出现过的东西，只有至今躺在阿力手里的那块玉牌，以及手机上不断提示的今日行程。

阿力没有回到过去，他只是一觉醒来后，发现自己成了一名"垃圾整容师"，其工作就是每天修改他认为的垃圾书稿。不同的是，他的确成就了很多试图在文学圈占有一席之地的梦想。

阿力的职业让很多作家又爱又恨，爱的是他点石成金的能力，他让很多不成器的书稿成了一个时代的经典，也肃清了文学市场；恨的是他认为送到他手上的稿子都是垃圾，并且他把作者整理成名单在人来人往的显示屏正中央轮番播放。一边是羞耻心，一边是名利，很多人在经过灵魂的拷问后依旧选择了后者。

而在众多求助的人中，阿力印象最深的是一个叫星辰的小姑娘，她说她从高中起就喜欢写作，可惜没有赶上好时代。阿力便问她什么才算是好时代，星辰眨着她那双晶莹透亮好似会说话的眼睛，拿着打印出来的一堆书稿，单刀直入："没有你，就是好时代。"

阿力不怒反笑："说来听听。"

"以前的文化市场虽然鱼龙混杂，但是读者不傻，他们还有甄别好坏的能力，可是现在，你确实让整个文化市场变得高级起来，可是你有没有想过，你实现了他们的价值，却扼杀了作家这个神圣的职业？"

星辰的年少轻狂让阿力害怕。

阿力继续笑，以此遮掩内心的慌乱："但是最后，你还不是来到我这里。"

星辰顿时觉得一阵无力感袭来，她规矩地坐在椅子上小声说："因为嫉妒，因为他们的作品被你发挥到最大价值，因为你就是大家在等的机会。"每个人毕生都在等一个机会，曾经的阿力也等过，可惜最后，大家连机会是什么样都没见过。

星辰的诉求对阿力来说简直是小菜一碟，不过一周的时间，她就被各大出版社争相签约，星辰本人也完成了从素人到作家的华丽蜕变。

阿力以为她会喜欢，谁知风光一段时间后，星辰从此消失在大家的视线中，就和当初的六叔一样。阿力倒也没当回事，毕竟他每天接待的客人太多，根本无暇顾及。

作者们乐于享受靠阿力带来的一切，反正只要定期象征性地写写垃圾一样的文字，再由阿力大刀阔斧地整整容，他们就可以继续享受尊荣。

此时的阿力就像一个造梦师，为所有想成为作家的人造梦，为现代文学造梦，也为年少的自己造梦。

直到他又遇到了那个叫星辰的小姑娘。

阿力是在某个颁奖酒会上再次见到星辰的。

星辰的眼睛里依旧有光，只不过那束光很微弱，转瞬即逝。

阿力试图上前找她说话，没想到半路被几个同样功成名就的作家拦住了。他们众星捧月似的捧着阿力往舞台中央走，显然将阿力奉成神祇。

看着各路云集的大神，阿力心满意足地喝下每个人递过来的红酒，朦胧之际，他好像看到一个熟悉慈祥的老人向他招手。

阿力知道那个老人就是消失许久的六叔，于是拨开层层人群，朝六叔的方向走过去。可惜酒的后劲太大，没走几步他就晕倒在某个女作家的石榴裙下。等阿力再次醒来的时候，是在自己的出租屋里，枕边是叠得整整齐齐的西装。

阿力下意识地摸摸随身携带的玉牌，发现玉牌不见了，又跑到早已散场的酒会上找，还是没有找到。就这样，他的天赋随着昨晚一场梦幻灭了。

没有玉牌的阿力再也不是市场主流，也不再是作者们的神，就连"垃圾整容师"这个职业也从此退隐江城。阿力明白，他们爱的不是他，而是能操控天赋的玉牌，所以他决定找回能改变他命运也能改变他们命运的玉牌。

阿力关掉工作室那天，又一次见到了星辰。

星辰看着眼前这个沧桑落寞的男人，不免有些心疼：
"你执念太深。"

阿力埋头整理文档。

星辰继续说："你改变的是你希望看见的，你看不见
的并不代表消失了。你把你自己的梦想强加给所有人，
是的，你给了他们无上尊荣，那又怎样？他们总归要过
自己的生活，所以，你又何必在意玉牌如今落在谁的手
上呢？"

"你懂什么！"一向温润的阿力终于发飙，继而哭起
来，"我见过那么多有才情的作家，他们不是穷困潦倒就
是弃文从事其他职业，为什么？因为要吃饭，因为才情
不能带给他们衣食富足的生活。"

星辰温柔地拍拍他微耸的肩，轻声说："可是现在不
一样了，文学的自我实现已经被价值化，你为他们的文
字整容不也是一种价值实现吗？"

阿力的悲愤有所缓解："我能问你一件事吗？"

"什么？"

"为什么你没有像他们一样继续找我'整容'？"

星辰笑笑，反问："你真的认为我写出的东西是一堆

垃圾吗？"

阿力也笑了。

他从不觉得星辰的文笔差，相反，如果没有他，她一定能从鱼龙混杂的文学市场脱颖而出，时间长短而已。

阿力突然想起一件事来，问："你认识六叔？"

星辰不隐瞒："认识。"

"他在哪儿？"

"他在你的世界里等你。"星辰还说，"你的执念只会让你失去文学信仰，你不是他们的神，这个时代也不需要神。回去吧，去做你应该做的事。"

阿力终于明白，原来那晚六叔的出现不是一个巧合，是提醒他应该回去了。他利用玉牌创造了一个美好的世界，可惜这个世界太美好了，轻轻一戳就破了。他似乎还看到了天桥底下的流浪汉，他的眼睛里分明是对文学的渴望。

阿力大概用了一周的时间告别工作室的每一本由他精心"整容"过的书。

临走时，星辰送给他一支钢笔："去吧，去你的世界继续编织梦想。"

阿力双手接过，道谢，笑容依旧温暖："或许我会回到 2009 年的夏天，我会见到你。"

星辰想了想 2009 年夏天的自己在做什么，她好像还在读高二，因为看了一本岩井俊二的《情书》哭得稀里哗啦，也因此想要将世间故事以文字的形式记录下来。那是星辰的梦想。那也是阿力的梦想。

良久，星辰说："谢谢你在这个暴躁的时代得以缓慢生长。"

"什么？"

"请你对她说。"

后来，阿力走了，六叔回来了。

阿力是星辰创作出来的少年。

六叔是星辰的秘密。

■ 活在自己的无尽可能里（作者：林淮岑）

哪怕前方道路崎岖，荆棘遍野，我们也要不断地向前飞行。不为繁花，不为掌声，只为了向世人证明，我们当初的选择，我们所做的一切都没有错。

许长梨，一个极为平凡的名字。

但这个名字，被刻在了某知名重点学校的招生简章上，成为了大多数人倾羡的对象。

北大中文系在读生，写的一篇文章被收录在中学课本上，被许多学妹拦着递情书，如此惊才绝艳，却是个没有双臂的残疾人。

在这个信息爆炸的时代，此消息一出，数十家报社找上门，要对他进行采访，甚至有出版社找上门，请他写一本关于自己的书。

年轻的实习记者正一脸兴奋地访问他，她可以想象到报纸上市后会引起什么样的轰动，大家想知道没有手指的许长梨是怎么样握住笔杆，又是怎么样考上北大的。

坐在藤椅上的许长梨微笑，不急不缓地回答着女孩有些不礼貌的问题。

很多年前，他也见到过很多记者，只不过接受采访的那个人不是他。

许长梨的身体是天生残缺的，他出生时便被人发现没有了双臂，肩膀处齐齐地往下和腰肢相连接，常人所拥有的胳膊在他身上看不到丝毫痕迹。

他的父母亲均是国企员工，都有稳定的工作和不低的收入。

这也算是不幸中的万幸吧，即便他身体残缺，凭借父母的积蓄，他也能衣食无忧地度过余生。但凡事总有例外。

母亲认为，孩子生来没有健康的身体，已经是种遗憾了，接下来的人生应该被小心呵护；但许长梨的父亲并不这样想，他认为男子汉理应接受生活中的不堪和艰辛。

这两个性格强硬的人，在许长梨的教育问题上，选择了不同的态度和方法。

母亲终究执拗不过父亲，由着父亲给许长梨制订了一系列的计划和目标。

许长梨从小开始学习用脚吃饭，用脚去完成对常人来说很简单，于他而言很艰难的事情。因为想要获得父亲的称赞，他拼命地练习，直到用脚趾也可以夹着笔写出漂亮的字。

那时的许长梨就如同长在温室中的花朵，还未经过风霜的洗礼，不知道现实的残酷。

他瞒着父母报名参加了学校组织的一场书法比赛，后来他获奖了。

他兴奋地跑回家告诉了父亲，这个一向严肃的男人破天荒地放下手中的报纸，抱着他亲昵地替他解下胸前的红领巾。余晖洒在桌子上的木樨花和地板上，借着尚带有暖意的光线，他看见了父亲的头发竟然也闪着光，再仔细一看，原来是一根白发。

如果许长梨是一个健康的孩子，或许他会生活得更加幸福。

颁奖那天，母亲特意给他换了一身新衣服，把他一直送到校门口，仔细叮嘱他："站在颁奖台上的时候不要害怕，主持人问什么问题都要想清楚了再回答。"

他由着母亲唠叨，直到她说完了，才示意她把书包给他背上。

在踏入小礼堂时，许长梨觉得自己的心脏还在怦怦直跳，仿佛要蹦出来。

他和同学安静地坐在台下，等着老师喊他的姓名，他就立马站起来，用最快的速度跑到台上去领奖。事情也正如同他所想象的那样发展下去。

灯光照射在台上，主持人呼喊着获奖者的姓名。

他就像弹簧一样从椅子上跳起来，动作弧度有点大，差点摔倒，好在旁边有个高个子同学扶住了他。

他上台时，班主任老师突然出现，一把拉住了他，示意他身边的男生上去领奖。

许长梨看着男生举着原本属于他的奖杯，站在灯光底下，突然觉得眼睛发涩。

后来回到教室，老师才向他和其他同学解释了事情的真相。

原来是因为学校领导觉得他身体有残缺，不少书法家和记者也坐在小礼堂里，要是拍下照片，对学校的名誉会不太好，所以临时替换了另一个品学兼优的男同学。

有同学为许长梨打抱不平，却被老师厉声呵斥一顿。

所以当许长梨回到家，向父亲讲述了这件事情后，父亲也只是沉默地点头，转过身去厨房抽了根烟。十八块五一包的黄鹤楼，烟盒被揣得皱巴巴的，父亲手抖了许久才取出一根烟。

父亲的举动都被母亲看在眼里，她背着身子，叹了口气。

他们无法告诉许长梨，生活会将给常人的艰辛加倍地给他。

这是许长梨简单人生中所经历的第一次挫败，彼时的他想不通老师和校长为什么要这样对他，明明他可以和正常人一样穿衣吃饭，他用脚也可以完成常人所能完成的事情。

有一次他和母亲逛街，在路上偶然遇见了母亲以前的同学，那个人很热情地和母亲寒暄。

母亲将他搂在胸前，自豪地介绍说："这是我的儿子，成绩特别好，经常拿第一名。"

自那以后，许长梨似乎明白了什么。

就算身有残疾又如何？他只要足够努力，足够优秀，就和旁人没有区别。

他与自己较上了劲，比之前更加努力。

他总是会在老师布置作业的基础上再多加几张卷子。

夏季还好，只是长时间写字脚会忍不住抽筋，每到这时他都咬着牙坚持着，直到脚不再疼，便继续写下去。

但是在冬日里天气寒冷，他仍然要脱了鞋和袜子夹着笔写字，所以他的脚上总会长些冻疮，他怕母亲看到心疼，刻意地躲开母亲洗漱，就这么瞒了许久。

直到有一天，当他接好水准备洗脚时，母亲突然进来拿东西。

他听见开门的声音，吓了一跳，不小心将盆子弄翻，水洒了一地，他的裤腿也被打湿了。

母亲闻声过来，看到自己儿子略显狼狈地站在水里，洗脚的盆子整个翻了过来，他的脚上长满了冻疮，泡了水变得通红，又痒又麻，看起来十分可怕。

母亲一声不吭地走进来，帮他把盆子捡起来，重新接满了热水，又走了出去。

其实在很小的时候，母亲还会与父亲偷偷地抗争。

她会趁着父亲不注意来喂他吃饭，经常替他把脸洗得热乎乎的，但是随着时间的流逝，特别是经历过那次换人领奖事件后，母亲没有再关心过他。

哪怕他将洗脸水洒了一身，哪怕他吃东西时弄得桌子上到处都是。

天底下没有父母不喜爱自己的孩子，他们表达爱意的方式有千万种，只不过许长梨的父母选择了最含蓄的那一种。

从小学到初中，再到如今，他有些迷茫，不知道今后的理想是什么。

一个人没有理想，是件很可怕的事情。

若是一直这样下去，许长梨或许就不会是现在的许长梨了。

高三升学那年，父亲曾找他彻夜长谈。

他以一个成年人的视角，向许长梨讲述了这个世界的残酷，要是不从小逼着许长梨自己学会吃饭和做事，那么此刻的许长梨会是一个无用之人。

而这个社会不需要的就是无用之人。

许长梨的父母并不希望他今后成为一个只靠父母的人，他们希望他像个正常人那样，有着自己的梦想和抱负，能学到知识，能从事自己喜欢的职业。

到了这时，许长梨才得知父母在自己身上倾注了多少的心血。

他回想幼时，那些亲戚隐晦的劝告，心中充满酸涩。

他的父母分明可以再生一个健康的小孩，却为了他而选择了不生。

也是从那天起，许长梨在心底有了自己的理想，他想考入那所在北方城市的学校。

如果可以考进那所学校，他一定会学到很多东西，父母也会为之高兴的。

高考那天下了一场很大的雨，许长梨信心满满地写完了答案。

中午他在学校旁边的一家面馆里吃东西，一个男生和他坐同一张桌，两人都很安静地吃面，从外面走进来几个女生，应该是和那个男生认识的，她们说：你怎么和残疾人坐一起？

男生脸变得通红，唰的一声站起来，端着自己的碗去了另外一桌。

应该是面馆生意最忙的时候，可是店里很奇怪地分为了两部分，以那几个女生为界，她们那边挤满了人，有的人甚至宁愿站着吃也不愿意走到许长梨的身边。

许长梨突然间觉得难堪，他不知道自己是以什么样的心态走出了那家面馆的，他的脑海中一直回荡着"残疾人"，之前从来没有人当面说过这种话。

如果没有父亲打来的那通电话，这场考试他一定会考砸。

年幼时，他觉得父母没有真正关心过自己，觉得他们冷酷、淡薄到极致，可是如今他品出他们用心良苦。

如果不是父母以这种强硬的态度，逼迫着许长梨去学习，或许他会泯灭于众人中。

后来许长梨收到了录取通知书才知道，原来一向严肃的父亲也会高兴得手舞足蹈，在厨房里做饭的母亲倒是镇定不少，但也偷偷地抹眼泪。

看到父母这番举动，许长梨总算觉得自己长久的辛苦和努力都没有白费，他考上了自己心仪的学校，可以选择自己喜欢的专业，他没有辜负父母的期望。

虽然住进了宿舍，但是他可以独立完成所有的事情，他还加入了学校的文学社。

同学都格外友善，并没有因为他身体的残缺而轻视他，反而会和他一起讨论课题，将他当作一个正常的同学看待。

他一直在写文章，经常会在刊物上发表文章，后来有一篇还收录到了中学的课本上。

许长梨似乎是带着上帝的怨气而出生的，但好在他没有被生活打败。

他原可以松懈，可以放纵自己，但他选择了一直咬牙坚持，付出了比常人更多的努力，才换得了如今的柳暗花明，成为了真正的男子汉。

世界上少有公平，很多人生来残疾，他们追梦之旅要比常人更加困难，他们要付出比常人千万倍的努力才能获得成功。

在追逐梦想的过程中，我们常常会遭遇挫折和谩骂。我们或许会心酸，想过放弃，但是请不要忘记我们当初的选择，哪怕前方荆棘遍野，也要不断地向前飞行。只有坚定信心，我们才会朝着希望的方向一直走下去。

一腔孤勇，热血满胸，青春作伴，老来方能衣锦还乡。

■ 其实你也很珍贵（作者：苏长恩）

人的年纪越小，对于美丑胖瘦的要求越严苛。变优秀的方式有许多种，最重要的不过是保持善良和做好自己。

小胖姑娘不喜欢我们喊她小胖，因为她总是在强调她的胖来自幼时大病被药物灌起来的"虚胖"。

可是并没有人相信小胖姑娘的这番说辞。我至今都记得开学第一天，小胖姑娘一屁股下去就报销了一张板凳，吵吵闹闹的教室瞬间静了下来，全班几十双眼睛齐刷刷地看向她。再然后，是如雷贯耳的起哄声和不约而同的掌声。

可能是小胖姑娘第一天给我们的惊喜实在太"震撼人心"，大家使唤小胖姑娘去干一些自己不肯干的脏活累活——开学发的十七册书都是小胖姑娘一个人抱回来的，她一个人在烈日当空下来回穿梭，累得满头大汗，那些本应该去搬书的男生坐在教室，打着游戏，嗑着瓜子。

小胖姑娘把书全部放在课桌上时，他们头也不抬，完全忽略小胖姑娘被汗水浸湿的 T 恤和大汗淋漓的脸，他们事不关己地坐在一起，而小胖姑娘，擦着额头经过他们身边的时候，脸上的笑容有些僵硬。

整整一年来，没有人注意到小胖姑娘，她的存在感很低，人人都知道班里有个人叫小胖，却没人知道她真正的名字是什么，没人愿意同她一起去厕所，没人和她凑在一起说些女孩子的小秘密，偶尔在学校之外的地方遇到相识的同学，也没有人很热情地和她打招呼。

在冷淡的相处过程中，小胖姑娘变成了一只鸵鸟——她把头深深埋在地里，拒绝与任何人交往。

时间仍旧有条不紊地向前行进着，它从不会为某人某事停止，你除了面对，也只有面对。

如果把人生比作一条长长的河流，小胖姑娘便是在第二年遇到了汹涌骇人的暴风雨。

那年班级里转来一个新生，长得极其精致——是，漂亮不足以形容她了——她在一天之内俘获了我们班六十二人的心。她满足了我们幼时对童话里白雪公主的全部幻想。

我到现在还记得她报到时穿的那件湖蓝色连衣裙。我唯一一次见到能够把湖蓝色穿出公主范的人，就是在那年，本来这样的公主是和小胖姑娘扯上关系的，但当她在讲台上做完自我介绍，老师让她自己挑选座位时，她选了一个让所有人都大吃一惊的地方。

那是全班唯一一个没有同桌，独立一人为一个小组，老师都对她印象极少的，小胖姑娘的旁边。

班里瞬时炸了锅，有男生嚷嚷："天！咱们班还有这号人物，我怎么不记得？"

有人立刻接话："不是去年刚开学就坐报销了一哥板凳的那个……"男生偏了偏头，像是在想小胖姑娘的名字，思考半天也没想起来，只好讪讪开口，"不就是去年报销了一张板凳的那个小胖嘛！"

哄笑声再度充斥在这间小教室内，有人扭过头去看小胖姑娘，发现她正低着头，仿佛想把头埋在抽屉下面。

有些女同学不忍心，打了还在笑的男生一掌，甩了个眼色以作威胁。嘈杂声渐渐停止，讲台上传来那个女孩坚定的声音。

她说："老师，我就要坐那里。"

就是这句无比坚定的话，让想把头埋在抽屉底下的小胖姑娘，瞬间抬起了头。

那个被全班喜爱的公主正笑嘻嘻地看着她，眼睛里满是善意和温柔。她穿的裙子真漂亮啊，她的眼睛真美啊。小胖姑娘突然有些想哭。

她在那一天，有了一个精致漂亮如芭比娃娃一般的同桌，重要的是，那个女孩没有不理她，没有让她干这干那。同桌承载着全班人的目光，来到她的身边，拉开椅子，坐下，面露微笑。

穿着湖蓝色裙子的公主坐在灰姑娘身边，偷偷拿出书包里的糖，面露微笑地问灰姑娘："我来的时候带了糖，你要吃吗？"

小胖姑娘刹时感动得热泪盈眶。

那一刻灰姑娘以为自己看到了天使。太简单了，简单到一颗糖，彻彻底底要了灰姑娘的心。

可能小胖姑娘的变化她自己都没有察觉到，她突然有些期待每一天天亮，希望见到那个唯一对她笑眯眯的同桌，同桌偶尔撒娇拉着她一起上厕所，偷偷在她耳边说人坏话又拉着她手求她保密。

公主啊，真的没人不喜欢。

而小胖姑娘也以为，在她身边，自己也可以变得讨人喜欢，可以像她一样肆无忌惮地笑，所有感情都不用再憋着。那时的小胖姑娘啊，就只有这一个简单而卑微的愿望。

后来小胖姑娘——不，那时候已经不能叫她小胖了，她变得苗条又漂亮，嘴角总是有温柔又美丽的笑容，像是承载着这世间所有的温暖一般。

她坐在我对面，语气轻轻又有些悲戚的对我说："不到最后一刻，你不会知道命运会给你开一个怎样的玩笑。"

那是一个暴雨天气，傍晚，小胖姑娘陪着已经相处一月有余的同桌去厕所。厕所的灯光有些昏暗，有水哗啦啦流过的声音，小胖姑娘正准备出去，却听到前边有两个姑娘正在说话。

"你看我最近是不是胖了？"

"得了吧，你再胖能有三班的小胖胖？"

"我听说她最近神气得不行，跟着天鹅就真以为自己也是只天鹅了？"

然后是她们尖利无比的笑声，一声一声像是刀扎在小胖姑娘的心脏上。

突然出现一声巨响，那两个女孩似乎吓了一跳，紧接着小胖姑娘听到了她同桌特有的温柔嗓音，可这次是有些尖锐的："怎么，觉得背后说人坏话特别有成就感？"

小胖姑娘走出去时看到了背对着她的同桌。那时同桌依旧穿着那件湖蓝色连衣裙。同桌听到声响转过身，笑眯眯地走过来拉着小胖姑娘的手。

小胖姑娘发现了——那一瞬，她突然有些闪躲的手。

后来除了公主丢失了那件湖蓝色连衣裙，生活依然平静得掀不起一丝波澜。

丢失那件裙子带给了公主巨大的恐慌，她到处去找，甚至去请求校长帮忙，仍旧没找到，就在公主想要放弃的时候，那条裙子，忽然出现在了她的抽屉里。

裙子找到后的第二个礼拜，有个中年妇女气冲冲地找到班上，不顾正在上课的老师，指着小胖姑娘的头就骂："我们然然哪里对不起你了？你要偷她的东西！你知道那条裙子多贵么？这么小就开始偷东西，长大可不得了啊……"

语言粗俗不堪，十六七岁的孩子，最是忌讳"偷"这个字眼的，可没有人心疼小胖姑娘，有的只是幸灾乐祸或内心气愤打抱不平的人，最后还是她的同桌——那个精致漂亮如同芭比娃娃一般的女孩站起来，喊了一声"妈"，才及时制止了那位中年妇女的怒骂。

小胖姑娘不能去评定遇见她是幸运还是不幸，她心中自有一杆秤，从最开始那句"老师我就要坐那里"，到这时欲言又止的"妈"，那杆秤彻底毁掉了，她站在秤的边边，被压到最低，对面是所谓的正义公平，站在最顶端，看着无比渺小的她。

小胖姑娘这两年累计的情绪，在这一刻通通爆发。

她的泪水像是关不住的水阀，源源不断地流淌着。此时此刻，无论对错，她都是错了。

她本就错了。

"所以，是你拿了那条裙子？"我停下笔，从笔记本中抬起头看着小胖姑娘。此时的她不再胖，并且将身材保持得非常好，曾多次担任平面模特，甚至被邀请当过书模。现在的她，时尚又优秀。

思考许久，我也不明白当时她为什么会拿那个公主的裙子，毕竟她曾对她那么好，不是么？

小胖姑娘笑了笑，手倚在下巴上，偏头思考片刻告诉我："说到底还是因为自卑吧，她那条裙子给我的印象太深刻了，我总觉得，穿上那条蓝裙子啊，就会像她一样变得讨人喜欢了……"可是，她顿了一下又说，"在拿那条裙子的时候我一点都不开心，我特别害怕，那几天我连好好和她说一句话都不敢，最后我偷偷想把那条裙子放回去，一转身就看到了她。"

这个世界啊，谁不想洗净纤尘一身干净？可是有些东西，不是你想就能得到的。

现实会逼着人长大。

在自己的课堂上发生这么大的事情老师当然不能不管，任课老师报告给班主任，班主任又报告给校长，小胖姑娘受到的处分很严重：劝退。

而小胖姑娘，真的就此离开了那个地方。

她去到了一所新学校，再也不去迎合任何人，一心沉迷于学习之中，进步飞快，课间总是有同学来问她题，她也不拒绝，会认真仔细地同他们讲解题步骤，久而久之，她交到了第一个朋友，也是同她一般胖的女孩，两人约定好每天早晨晚上跑步，于是有了现在这个小胖姑娘。

最后我问她："你现在还会埋怨他们吗？"

她回答："说不会埋怨是假的，我年少所有的自卑都是来自他们……毕竟谁都不会觉得自己不受大家欢迎是一件很棒的事情啊。"

小胖姑娘最后说了很长的一段话，而我只想把那句最重要的分享给你们："在此前的漫漫岁月中，我总是活在自我检讨和怨怼当中，不明白这种事为什么会发生在我的身上，后来我明白，人的年纪越小，对于美丑胖瘦的要求越严苛，变优秀的方式有许多种，最主要的不过是：保持善良，和做好自己。"

保持善良和做好自己，希望我们都可以成为这样的人。

不持偏见，不夹枪带棒地对待自己身边的每一个人。
你要相信，所有遇见，都是缘分。

温柔地去对待这个世界，相信我，你也会被这个世界温柔对待。

■ 做最执着的决定和最真实的你（作者：相宜）

是做梦还是空想？是随波逐流还是孤注一掷？不要在途中几经颠簸，就以为那是无法抵达的远方。我们要敢梦敢想，敢活成自己最喜欢的模样。

高中分班前的晚上，我做了个梦。

梦里的我扎着马尾，穿着黑色 T 恤和牛仔长裤，干干净净，是十一二岁的模样。

那时我身处班级交友圈的中心，以为身边同学皆为友，自己算是最为出挑的几人之一，整天过得肆意潇洒，眉眼带笑。

因为我打小就爱看些描写情情爱爱"不正经"的书，所以在别的小朋友心怀当科学家、航天员这类伟大梦想时，我显得特别没出息。

"你的梦想是啥啊？七大姑八大姨常问。

我说："我想写小说。"

此后过去许多年，逢人问起我便会如实回答。除了落得几声嗤笑，就只剩下他们一身酒气后的谆谆教诲：识个字儿都能写书，你这不行，不够远大！

从漏墨的钢笔写到 0.5 的水笔，我翻遍图书杂志，沉浸在那一页一页的美梦中，又踏踏实实地踩在一摞摞横线稿纸上。

对于梦想者而言，很多话是说不出口的。就像在春天时，穷人问你到底有多少财富，你扭头看看不知在哪个秋天才能收获满园珠宝，你除了埋头苦干，就只能和他相视一笑。

我虽自诩一身梦想的小女侠，却逃不出"别人家的孩子"这个魔咒。好在这个"别人家的孩子"，是个比我还反面的反面教材，被亲朋好友拿来给我做警示。

我叫她阿姐。

阿姐是和我老爹穿着同一条裤子长大的张叔的女儿。

我童年记忆里的阿姐性格张扬，很是叛逆，常常逃课，常常与人打架，天不怕地不怕，一副不惜命的模样。

自张叔与第二任妻子结婚后，她便是如此。那时还没有火遍大江南北的空气刘海，阿姐的直刘海长得微微盖眉眼，也盖住了她的心。

临近暑假时，老师火气冲冲地打电话给张叔，说决定给阿姐停学处分。张叔闻讯慌了神，匆匆赶到学校。

办公室里，老师痛心疾首地对张叔数落阿姐的"恶行"。

阿姐遮住眉眼的刘海被说成是蓬头垢面，阿姐言语粗鲁被说成是品行不正，阿姐今天在课上公然与他顶嘴被说成是为师不尊……

"是、是，老师，今天我回家好好教育她。"张叔轻声附和着。

"做家长的啊，在教育孩子上一定要花心思。"老师一脸"朽木不可雕也"看向阿姐，"要是不想上了，就赶紧回家种田去吧。"

张叔没法子，于是晚饭席间，我开口道："阿姐，来我家住吧。"

"来我家住吧"，好似是我们之间的暗号。

初次说这句话，是张叔的现任妻子生产时。亲朋好友皆围着那团"肉球"说笑，好不热闹。阿姐缩在病房外一角，我便带着她去我家。

在房间里，我迫不及待地向她展示我的"作品"。密密麻麻的蝇头小字排列成一个个情之深切而稚嫩的故事。

她捧着本子，羡艳道："有自己喜欢的事情可做，真好。"

"阿姐，你未来想做什么？"

她目光里的诧异一闪而过，却被我极为敏锐地捕捉到。

"未来，你想做什么？"

阿姐偏过头，冲我露出两个小小发旋儿。我想起家里老人常说的话，有两个发旋儿的娃娃，脾气啊，犟！

阿姐的确是犟脾气，我从成为人民教师数到成为打杂小妹，没有一个是她想要的未来。

我有些不耐，从书架抽出暑假旅游时带回的航空手册翻看，阿姐盯着小册放空，一时气氛有些尴尬。空气里除了书页摩擦声，竟真的像极了儿时作文常用句子：静得连呼吸声都清晰可闻。

"空姐呢，我做空姐怎么样？"

我正昏昏欲睡，阿姐在我身旁小声问道。

我看看手里半落在地的手册，再扭头看看阿姐。

书页上的女孩气质优雅，笑容甜美，身着制服干净大方。倒不是说阿姐不符合条件，单是她固执不肯修剪头发，就注定她与这个梦幻般的职业无缘。

"行啊，怎么不行？你肯努力的话就做呗。"我戳了戳阿姐眉前的碎发，"哪，你要努力的第一步。"

我是真没想到，那么偶然的契机会给一个人带来翻天覆地的变化，两个月后，阿姐瞪着一双圆眼来跟我告别。

我瞟向她齐眉的刘海和打理整齐的及腰长发，刚对视就被她的眼神吓了一跳。

"你这是？"

"眼神训练啊，为了让眼睛看起来更有神。"话毕，她笑得眼尾弯弯，"这样是不是很有亲切感？"

"是是是，邻家大姐姐。"

"唉，每天对着镜子笑得脸都僵了。"阿姐抬眸，睫毛在阳光下扑闪，映出细碎的阴影，"我下周去南方读空乘。"

"你不再想想吗？该不会真的因为上次……"

她微笑着打断我："或许有点草率，但是我真的想要试试，你只是给我一个思考的机会，难道两个月还不够我想清楚吗？上次看你写小说，你一定不知道吧，跟好看的故事比起来，你眼睛里带着光芒的样子，更让我急切地想要拥有梦想。"

我无言，许多话想要说，可转了一圈又不知该如何开口。临行前我默默拥抱了她，也像是拥抱她整个张扬、肆无忌惮又疼痛的过去。而她拎着小小的行李箱，孑然一身，奔赴她深邃未知的梦想。

那时，我还没有手机可用，生活也因为升学交友等闲杂碎事极其忙碌。就在我快将失去联络的阿姐抛诸脑后时，她却速度很快地、鲜活地成为了大人们饭后茶余的谈资。

听说她在新学校渐渐收敛了脾气，变得平和许多。听说她现在喜欢上读书，"美人在骨不在皮"之类文绉绉的措辞信手拈来。还听说她因为青春期微胖的身材和不会打理外貌等问题被老师叫去谈话。

第一年，航空公司来学校选人，天不怕地不怕的阿姐竟紧张得说不出话。她看着身边相貌明丽、身材高挑的同期生自信地展示着自己，不免生出丝丝自卑。落选虽是意料之中的事情，但那股失落挡也挡不住，凝在心头。阿姐开始默默努力，别人练习两个小时，她就练习四个小时。同学出去聚餐，她坐在寝室吃水煮菜，饿到夜里翻来覆去睡不着，就小口吃一个早已冷掉的白水蛋。

日子就这般煎熬地度过，阿姐坚持着，咬着牙不放弃，泪水和抱怨统统吞进肚子里，不轻易露出一丝疲色。室友大多有熟人照应，唯独阿姐一人漂泊他乡，那种陌生感，显得她与这个绚丽梦幻的空中国度格格不入。

第二次落选，是意料之外的。

时间和空间永远阻止不了"听说"，不知听谁说也不知听说谁，就这样慢慢慢慢真的好像应了阿姐老师的那句"不如回家种田"。

张叔实在承受不了那些闲言碎语和挑拨，一通电话命阿姐回家来，他会给阿姐安排个工作。

那是阿姐第一次不顾及颜面地大哭，在电话里断断续续问道为什么她不行。

所有的努力被一个又一个旁观者否定，其中的苦涩只有自己一人知。可这是她甘愿的，最后颗粒无收也不能说出半句怨怼的话，只能决定是放弃还是扬帆起航。

此后很久都没有阿姐的音信，张叔也很少提及阿姐。某次酒后，听到张叔半醉半醒间的哽咽，我才明白，孩子与父母的战争多半还未开始，就败局已定，胜利了，不过是父母心疼你迁就你，放你一马。

彼时是阿姐独自南去的第三年。她贴了满墙的英语单词方便背诵，不厌其烦地纠正着英语发音。她发疯似的节食，一日两餐，都是些水煮蔬菜和水果。晨跑、瑜伽、塑身操填满了她的课余时间。不知何时，那个连面霜都懒得涂抹的女孩，描眉涂唇也能做得极其完美。

她不再是满身戾气的模样，她做了最执着的决定，倾尽所能地付出，心心念念着收获。

她变得越来越美好，但我知道，她本就应是这般美好。

后来，张叔北上做生意，偶尔会去看看女儿。我看着阿姐的照片，如果不说照片上的人是她，我不大能认出来了。照片上的人眼尾弯弯，眉目间尽是风情，眼睛里闪烁着不知名的光。

记忆如潮水般涌上来，那个暑假，我们席地而坐谈着梦想。我数遍我所能想起的职业她都不喜，一本小小的航空图册却改变了她。

造物弄人但事在人为，所有的泪水和汗水，都是成功路上的标记，你只能回头看却无法从头来。所有你甘愿受过的苦难，终有一日会熠熠发光，如闪烁的星，如落幕的红云。儿时的我也不懂努力坚持的意义何在，也会为这个看似方正却极为圆滑的世界在深夜痛哭，诉不公，叹不平，最初充满期翼的眼眸也会慢慢暗淡。

我再见阿姐，是在首都机场。因为航班延误，我只得无奈地倚在座椅靠背上打字，才坚持片刻，脖子就酸痛难忍。我正打算起身走走，在一片议论声里倏然看见阿姐。她穿着统一制服，头发绾得大气整洁，拉着小小的行李箱在一众空乘人员里，神采奕奕地走着笔直的线。

她并未看见我，即便她看到我了大概也认不出我。但我一点儿也不难过，相识一场，我们能朝着最初的方向无畏地大步向前，就算是得到了最好的馈赠。

我看着她的背影和记忆里的女孩慢慢重合，脑海里竟浮出零星画面来。

她指着航空手册，眼神里透露出试探和不易察觉的期待，谨慎地询问着我她的梦想。

我那时是怎样回答的呢？我应该怎样回答？

"行啊，怎么不行？你肯努力的话就做呗。"

世间的千万问题，问出了口便是心中已有了答案。哪怕前路渺茫坎坷，只要怀揣着最执着的初心，一步一行，穿越重重迷雾，翻过高山峻岭，就能拥抱多年后那个最美好的自己。

所以，别担心也别害怕，只需要爱你所爱，得你所得。

那些不知何年埋入土中的种子，终会发芽开花，你也终会变成你最想成为的模样。

■ 找到自己并活出那个样子（作者：邀月君）

若心怀生机，成为源泉，雾霾缭绕定驱不散翠绿；若一身傲骨，成为柳钻，天地翻腾定折不损明亮。

她在融入夜色的运动衣里舞动着，黑色的短发大幅度地摆动成一面扇子。躁动的鼓点，嘈杂的街区，她是当中一只脱去白羽毛起舞的黑天鹅，人们迟早会摒弃对她一贯"优雅"的定位，重新审视其本真的韧性。

她用锋利的目光扫过我，一瞬场景就变换了，我看见她在瓢泼大雨中以落汤鸡的姿态跳舞，又看见母亲狠狠打了她18年来接受的第一个巴掌，接着便是她走出门很远都能听到的哭声。

那哭声吓醒了我，我浑身大汗地坐在黑暗中。

我想起了她和我的一段对话。

"你在钢琴上的天赋和成就可是宝藏，不能就这样轻易放弃。"我恳求。

"人有无限的潜能就有无数的宝藏，可按照别人要求开发出来的不过是次品。珍宝在你们眼中最为虚无，因为它是我所想要的样子。"她回答。

现在想来，我才明白她是对的。

她不是别人，她是我姐。她是在周围人羡艳眼神中长大的天才钢琴少女，可她爱上了街舞。

自我对她有记忆起，她就定定地坐在钢琴旁，按下琴键，溪涧那般脆的清音就此倾泻，从琴缝溢出，流淌至天地间。她的长发披着明光，背脊里似乎只镶进了属于天使的锋芒。

　　大概是与生俱来的吧，我想，假如此刻我是追日的夸父，心中也一定下了一场绵雪。

　　所以每次我不忍呼吸，内心平静，仿佛回到荒原，又在荒原中找到绿洲，我爱听她弹琴，自然而然认为她爱弹琴。

　　可她其实眉头紧锁、嘴唇紧闭，她在隐忍或者压抑，这反而给旁人造成了一种端庄肃美的错觉，在我把自己强加的主观感受去掉后倏然发现真相。

　　她害怕弹错，母亲永远站在她旁边，执着一根竹筷，若她弹错或手型不标准，竹筷永远是在她反应过来之前打下去的。不需要听声音有多响，不过三秒，她准从椅子上跳起来，起初她哭泣，但发现这并不奏效后，她抿唇一言不发，手背愈青紫，琴声愈优美。

　　假期无论早晚，断断续续、完整的一段琴声，从书房发出，我走进去，看见月光下她披散黑色的长发，光在她发梢上流动。她低着眉眼，穿着白色连衣裙，仿佛是被刻意摆放在琴座上的一尊白石雕。

　　12 年过去，在母亲的逼迫下，她成为琴键上的精灵，并且小有成就，她去参加钢琴大赛荣获了一等奖。

　　我尤记得那一天，我坐在观众席，她在主持人的介绍中缓缓出场，青蓝一色的绸缎上衣，乳白的缎裙，净白的纱摆，红唇温软，顿时惊艳四座。她是当时唯一的白天鹅，那样不容侵犯，又有拥抱众人的优雅气质，将所有人的思绪拉回到她的琴声上。

她这次演奏的是《少女的祈祷》，肃穆交缠着活泼，灯光映照着虔诚的尘埃，于是每个人的眼前都呈现出优美的画面。从前她的小溪如今已经是沃尔塔瓦河了。

可我的心突然狂跳起来，因为我看向她的眼睛深处，那里无悲无喜，与曲子的情感毫不相符，原来她从没将感情融进去，这让我感到了悲哀。

一曲终，评委举起了最高分的手牌，毫无疑问。

她站在领奖台上，光荣和骄傲全在母亲的脸上。奖杯递到她手中时，她的脸上终于闪过了一丝欣喜，但那太快了，好像投入大海的旱鸭子，挣扎惊起的只是一点点波澜，随即溺毙在海面下。

"当年我看她手指纤细就知道学琴没错，这下可好了。"母亲的声音从观众席传来。

或许每个人都是这样，在找到真正所爱之前，是找不到自己的，是随着生活而走的，没有所谓的执着和爱恨分明。

直到 2016 年的 2 月 3 日，17 岁的她第一次逃掉了晚间的钢琴课。

没人知道她去了哪里，母亲大发雷霆，差点报警，她回来后支支吾吾地解释说老师留下了她，母亲思忖了很久才选择作罢。可她第二天又逃跑了。母亲让我去学校找她，我心里责怪她胆大包天。

她不在教室里，不在办公室，就连平时她最爱去的图书馆里也找不到她，我询问了老师，老师说她去了舞蹈室。

舞蹈室？怎么可能！

我抱着半信半疑的态度推开门时，呆立在了原地。

如果不是那张同我生活了十几年的熟悉面孔，我怎么可能相信那是我姐？

她身着墨黑的男款运动衣和深蓝红条的哈伦裤，脚踩褐色跑鞋，将马尾扎得很高，头戴鸭舌帽。整个房间充斥着摇滚乐，当光照过她袖口的银灰镀边时，我一瞬间清醒了。

她在跳街舞。这个吓了自己一跳的想法涌入我脑海中，我难以置信地观望着。

她与班上的几个女同学一起，当音乐响起，她们面对镜子跳舞。她应该是当中唯一的初学者，因为动作还很笨拙。一旦音乐结束，她就会开心地大笑，是那种真正发自内心的笑，我可以感受到，她以前几乎没有露出过刚才那样的露齿大笑，她的脸颊因此而腾上了绯云。

她不知道这是第一次我感受到她真实的情感，这种情感震撼了门外的我。

于是我回去嗫嚅地告诉母亲，确实是老师留下了她。

纸终究包不住火，母亲发现了端倪，将她拎到面前质问："你的心思到底放在了哪里？"

我以为她会畏惧，可她没有，这恐怕是她第一次直视母亲："妈，我想学街舞，我喜欢街舞。"

母亲被激怒了："你学那种乱七八糟的东西干什么？"

声音大到楼道都可以听见，我看着母亲的黑脸，吓得在门外缩成一团。

平日里姐早就落泪了，可那日她例外了，她仿佛是一头红眼牛，顶在洪水前，她的眼睛里甚至带上了隐隐的愤恨。

"什么都不用说了！关禁闭，你休想出去！"母亲摔门而出。

此后她上学放学都由母亲亲自接送，其余时间被关在家中不准踏出一步，母亲还断绝了她的人际来往，母亲相信是那些狐朋狗友将她带上了街舞这条歪路。

困难最可怕的地方不在它会阻挡你的脚步，而在于它所带来的苦痛会使你相信那段时间沉浸的黑暗，从而放弃继续前进的信心。

我见过许多人在这段时间郁郁寡欢，但她没有像笼中困兽一样消沉下去，反而利用这段时间进行各种身体素质训练。平板支撑每天做 5 组，俯卧撑每天做 100 个，那排曾经淌满了她眼泪的琴键如今只淌着她的汗水。

他人眼中一贯柔柔弱弱的她，何曾像今天这般拼命？

她坚持了很长时间，母亲无可奈何，索性说："这条路是你自己选的，没有任何人会帮你。"母亲的本意是想使她打退堂鼓，但她居然当真情愿走那座独木桥，摇摇欲坠根本无人会担保她能到达终点。

当她告诉母亲自己不想考中央音乐学院的时候，所有人都惊呆了——明明只要继续努力弹钢琴，她就有极大的可能进入全国的最高音乐学府。母亲差点气晕过去，抬手就打了她一耳光，但阿姐固执，哪怕痛哭，也绝不松口。

我劝过她，依照母亲的意愿。

她说："你还记得我们小时候看过的小说里有一句话吗——'人活一世，活之为谁？'"

我沉默，她用力吸了一下鼻子："这次我想为自己活一次，我会把事情做得很好。"

我没有再讲任何恳求的话，给了她最好的祝福。

往后在我高一的这一年里，我每天清晨6：20起床赶早自习，看见沙发上躺着凌晨从舞蹈室练完舞回来的她，这一幕成为了我生活中独一无二的风景。

她放弃了最爱吃的甜食，三餐素食加蛋，不多花一分钱，全部省下来租借舞蹈室，她还在周末外出发传单打工来挣钱买学习资料。

我见过她在没开门的舞蹈室外淋着暴雨完成每日的舞蹈任务，也见过她在所有人都午睡的时候压着韧带背课文；我听过她因超负荷训练在夜晚痛苦地呻吟，也摸过她受凉发烧的额头。

她不再活得像那些优雅美丽的女孩子了，我想，但她活得更像她自己了。

说实话，我替她感到高兴。

雨点中，压腿时，万般神情，这些都是她真实的样子，是她的灵魂在一种纯粹的力量中起舞，这可比那些所谓天赋更有意义。接下来的，便是水到渠成。

我听到她考上了韩国首尔艺术大学的那一刻，心中有一种从未有过的喜悦。

这可是一个比中央音乐学院还要遥远的梦啊！

我不敢相信除了我看见的之外，她还付出了多少努力，那是天才知道的。

大学期间，她开设了一家街舞社，邀请我去观看了开张表演。

我将我平生最大的热情投入到了她的第一次演出中。她是全场的焦点，就像天空中唯一不因月光而黯淡的星——启明星，那么明亮，让人畏惧又无限向往。

利落的短发，不再是柔顺的长发；飞扬的裤脚，不再是飘飘的长裙；简易的淡妆，不再是精致的浓妆；高涨的活力，不再是寡淡的优雅，她恰到好处地活出了最美的样子。

我同台下所有的观众一样被折服，我同在场所有的追梦人一样被感染，到最后说不出任何华丽的评价，只能真心吼一句："好酷哦！"

如果她当时没有选择这条路，而是走了老路，没有谁会怀疑她不用承担太多就能获得和现在同等光明的未来，甚至更光鲜，但我绝对敢保证她不会像现在这样开心。

哪怕富丽堂皇，你不爱的一生，又有什么价值呢？你老后，面对所拥有一切终止，你觉得你真正得到过什么？你觉得留在你灵魂深处的还有什么？

你会不会觉得白活这一遭？

很多人其实终其一生从未寻找到自己，他们在镜子中看见的只是家人眼中、亲朋好友眼中或者他们希望的别人眼中的样子。他们遗忘了还有权利选择做自己，也并未意识到偏离初心的路途很远。

如果你喜欢太阳就活在晨光中，如果你喜欢星辰就活在黑暗中，找到自己真正想要的样子并活成那个样子，才不会浪费这个世界给你的有限时间。

毕竟，真我在这浮浮沉沉的世间，就像沉睡千年的文物般毕生难求。